Guardian
3
Song Ji-Hyoung
[http://thevacuum.org]

CONTENTS

TIENS
LOG_15;Guardian

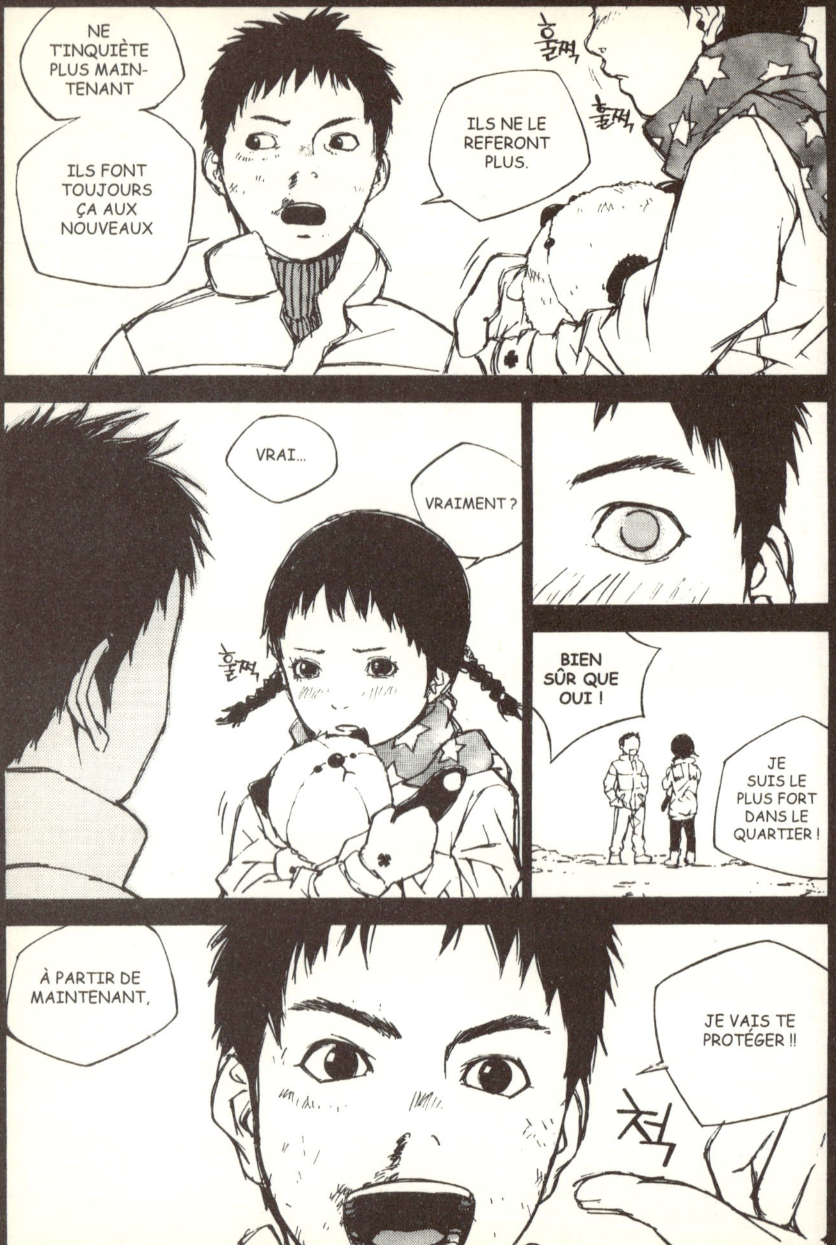
NE T'INQUIÈTE PLUS MAIN-TENANT
ILS FONT TOUJOURS ÇA AUX NOUVEAUX
ILS NE LE REFERONT PLUS.
훌쩍
훌쩍
VRAI...
VRAIMENT ?
훌쩍
BIEN SÛR QUE OUI !
JE SUIS LE PLUS FORT DANS LE QUARTIER !
À PARTIR DE MAINTENANT,
JE VAIS TE PROTÉGER !!
척

...
TU ES ARRIVÉE AUJOURD'HUI ?
끄덕
D'OÙ ÇA ?
... DES ÉTATS-UNIS
QUOI ?! DES ÉTATS-UNIS ?
OUAH ! C'EST TROP COOL !
...
TU VEUX ÊTRE MON AMIE ? JE M'APPELLE INCHANG HEO
...
ET TOI, TU T'APPELLES COMMENT ?
MOI ?
... MOI... C'EST MINA... MINA PARK
OÙ EST-CE QUE TU HABITES ?
...
...

슥
주륵
흔들
스으으
AH...
AH...
!

T'INQUIÈTE PAS
J'AI JUSTE COUPÉ LA CONNEXION
COUPÉ...
LA CONNEXION ?
OUI
ILS ÉTAIENT TOUS CONNECTÉS À L'AUTRE MEC QUI LES TÉLÉCOMMANDAIT. QUAND ILS SE RÉVEILLERONT, ON N'AURA PLUS DE PROBLÈMES AVEC EUX
CELUI QUI A DÛ SUBIR LES CONSÉQUENCES, ÇA DOIT ÊTRE...
CELUI QUI COMMANDAIT...

SORTI
...
QU'EST-CE QU'IL... SE PASSE... ?
OURGH !

AAAHH...
C'EST L'AUTRE... QUI AURAIT TOUT COUPÉ ?!
MAIS COMMENT... ?
MERDE !
CE N'ÉTAIT PAS UN SIMPLE PASSANT...
FIU...
INCHANG...
COMME IL TE DÉTESTAIT...

J'AI VOULU TE DONNER UNE BONNE LEÇON POUR M'AMU-SER...
MAIS T'AS VRAIMENT PAS DE CHANCE
?
JE N'AI PLUS LE TEMPS DE M'AMUSER
SINON, TOUT CE QUE J'AI PRÉPARÉ NE SERVIRA À RIEN
À CAUSE D'UN CONNARD QUI EST INTERVENU...
BON, FINISSONS-EN...
AAH

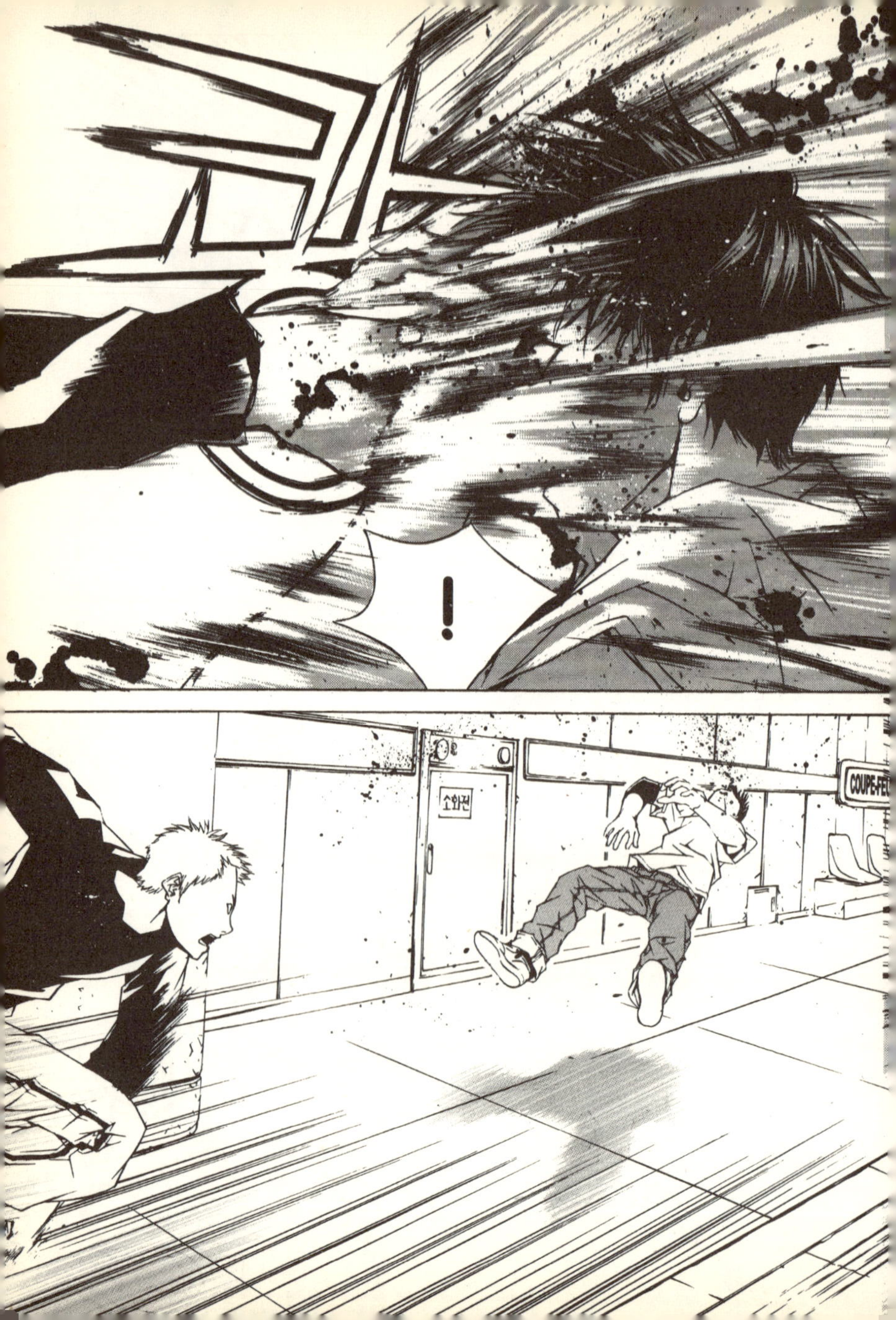
!
소화전
COUPE-FE

하이얏
탁
퍼억

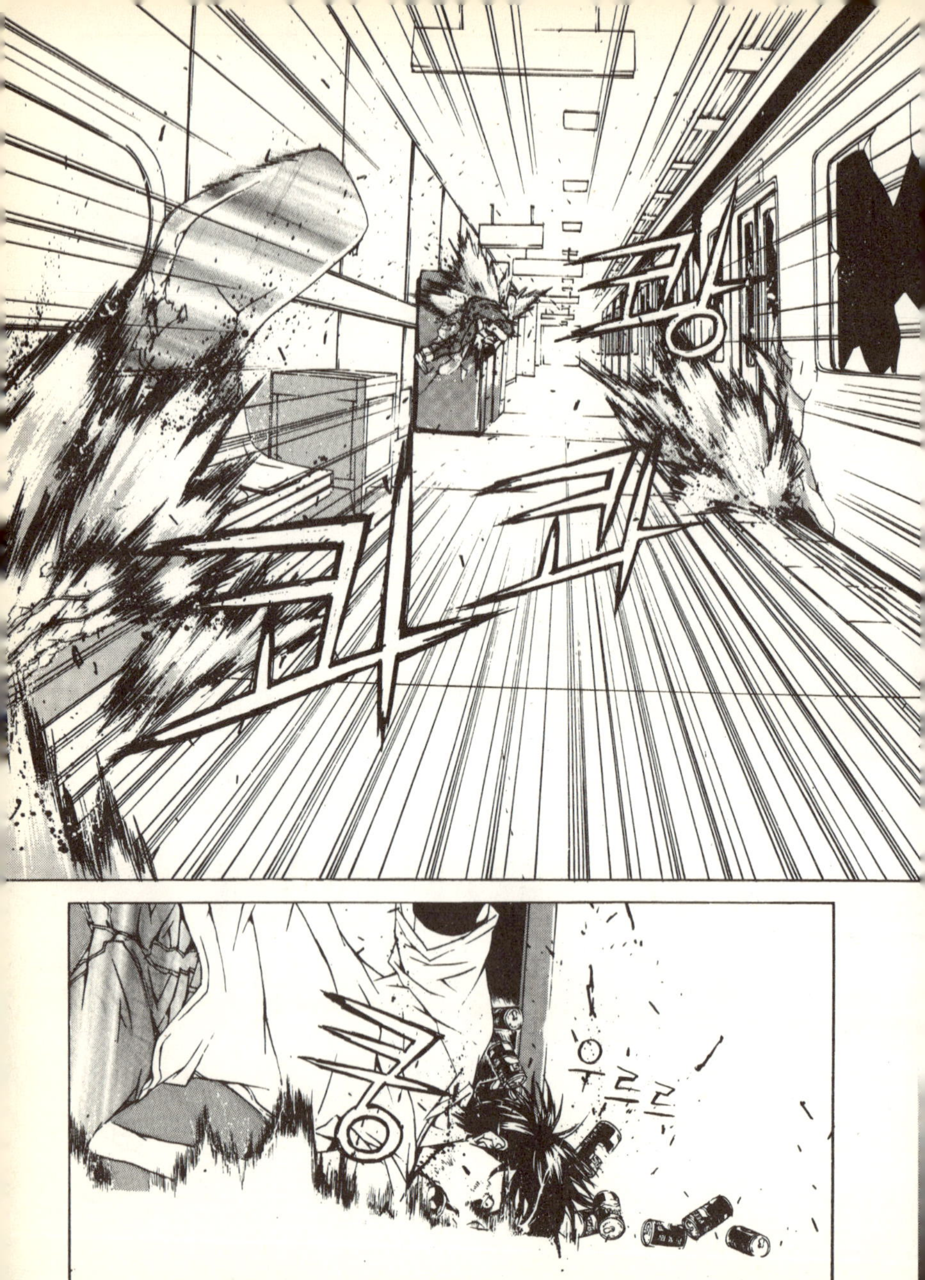

TIENS, TIENS, TU ES PLUTÔT RÉSISTANT...
AAAHH...
APRÈS TOUS CES COUPS, T'ES ENCORE VIVANT ?
T'AURAIS DÛ MOURIR, OU AU MOINS ÊTRE PA-RALYSÉ À VIE
MON INTUITION ÉTAIT DONC BONNE...
HAHA, JE N'Y CROIS PAS
JE ME DISAIS BIEN QU'IL Y AVAIT QUELQUE CHOSE DE BI-ZARRE EN TOI MAIS...
... DE LÀ À PENSER QUE TU ÉTAIS UN GUARDIAN

?!
GUA... GUARDIAN ?
HUM... N'EMPÊCHE QUE JE SUIS UN PEU DÉÇU...
POURQUOI A-T-ELLE CHOISI UN GARS COMME TOI... ?
JE SAIS QUE, QUAND ON S'ÉVEILLE, LA PERSONNALITÉ D'ORIGINE DISPARAÎT, MAIS BON, CHOISIR UN VOYOU COMME TOI...
ENFIN BREF... CE N'EST PAS GRAVE
DÈS QUE J'AURAI FUSIONNÉ AVEC KALI, JE N'AURAI PLUS BESOIN DE TOI
ET EN PLUS...
TU ASSISTERAS À TA FIN...
가는 곳

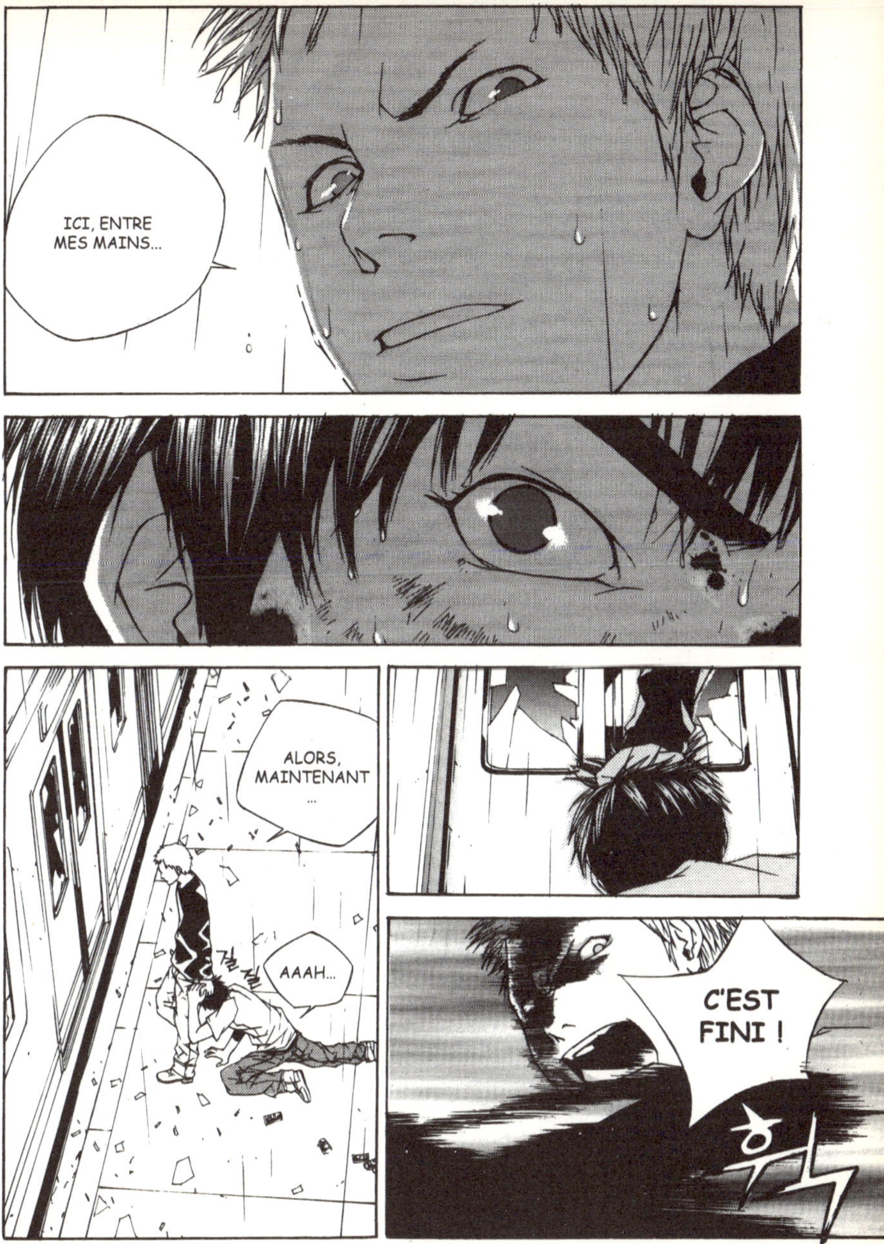
ICI, ENTRE MES MAINS...
ALORS, MAINTENANT ...
AAAH...
C'EST FINI !

CREUA-ARGH !
OURGH !
CRÈVE !
CRÈVE !

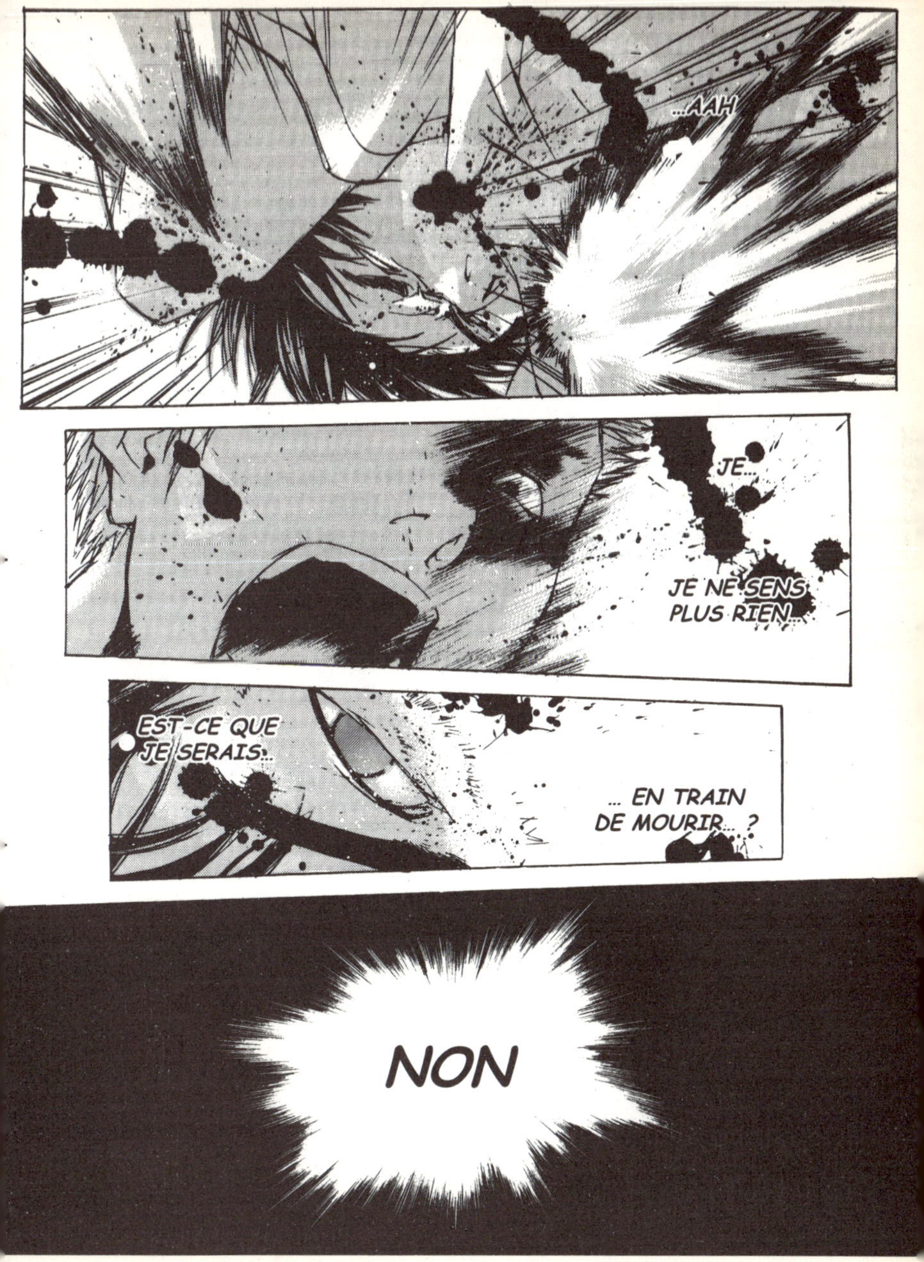
...AAH
JE...
JE NE SENS PLUS RIEN...
EST-CE QUE JE SERAIS...
... EN TRAIN DE MOURIR... ?
NON

?

QU... QUOI ?
JE N'ARRIVE PAS À Y CROIRE
... JE... JE SUIS MORT ?
NON, PAS ENCORE
QUI... ?
쉬익

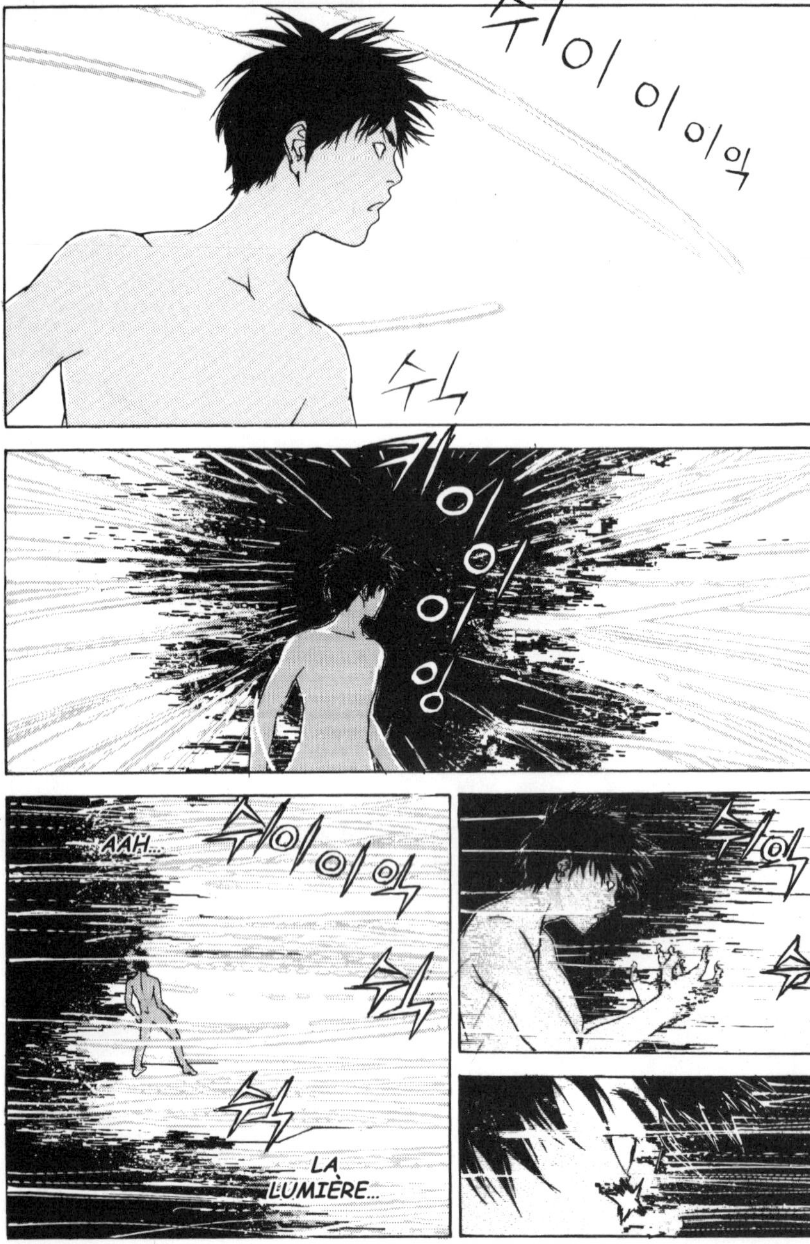
쉬이 이이익
키이이이잉
AAH...
쉬이이익
쉭
쉭
LA LUMIÈRE...
쉬익
쉭

MAIS... C'EST...

...MOI ?!

QU'EST-CE QUE... ?!
?!
EUAAH !
LÂCHE-MOI ! CONNARD ! LÂCHE... !
ARGH

AAAARGH !
EUAAH...
?!

Log-15 END

LOG_16:Phantom

SON REGARD
A CHANGÉ...
MAIS...
QU'EST-CE
QU'IL A...
저벅

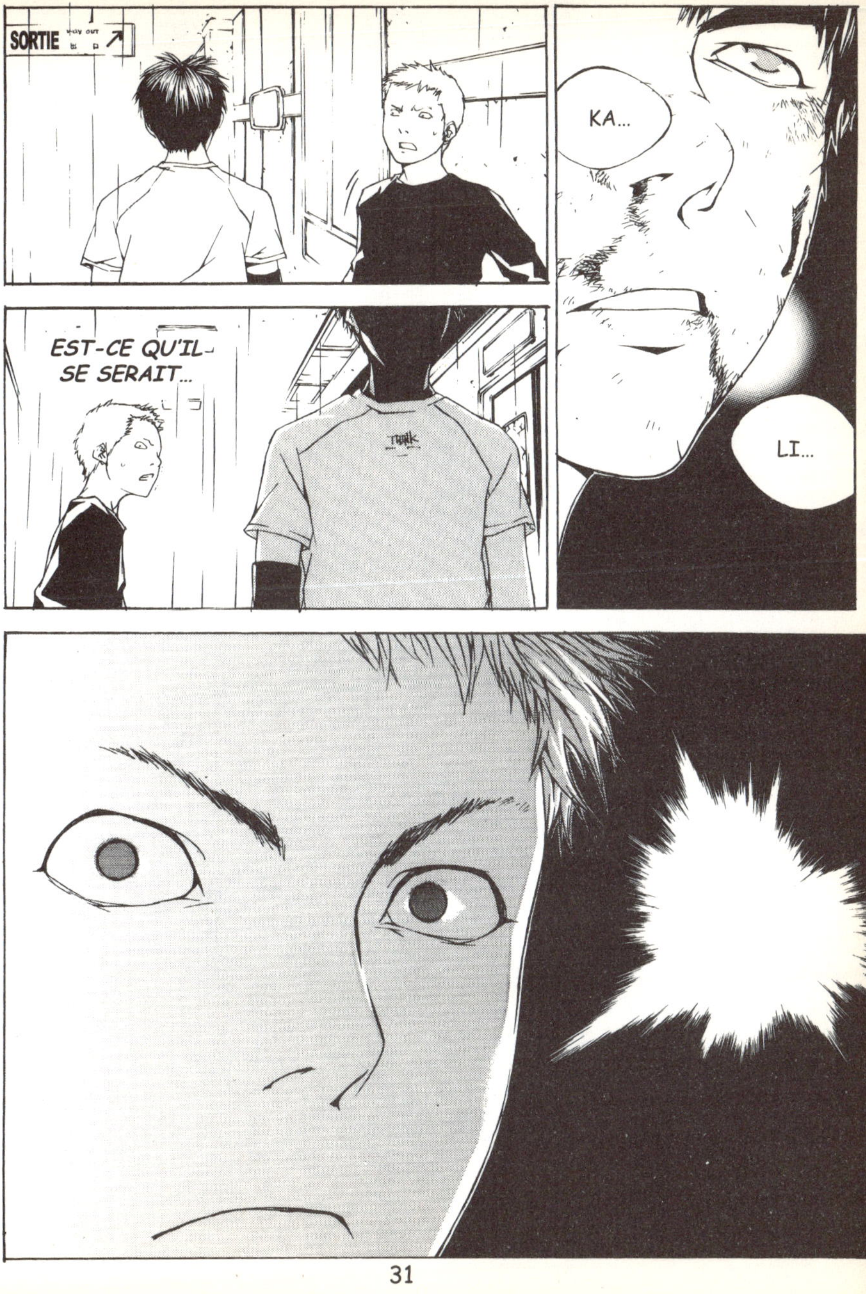
SORTIE
EST-CE QU'IL SE SERAIT...
KA...
LI...

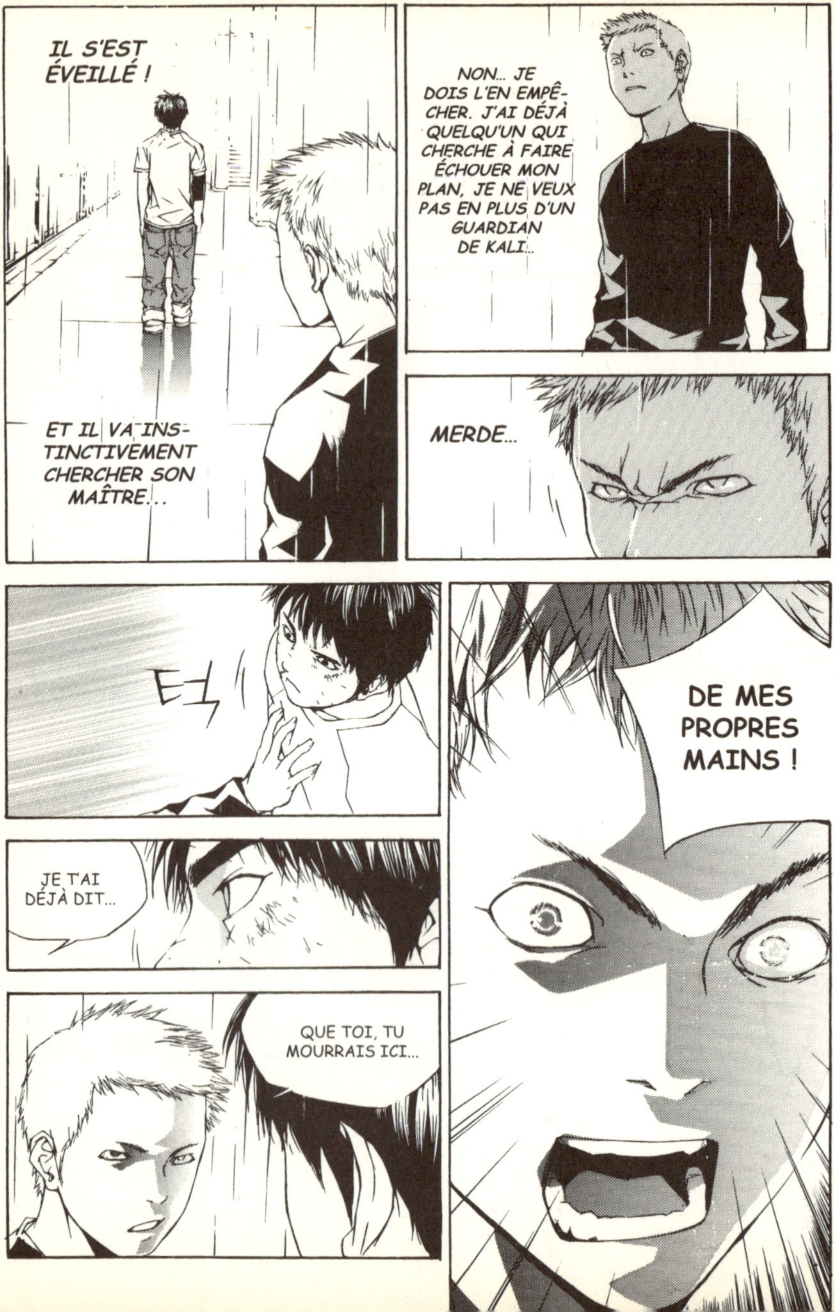
IL S'EST ÉVEILLÉ !
ET IL VA INS-TINCTIVEMENT CHERCHER SON MAÎTRE...
NON... JE DOIS L'EN EMPÊ-CHER. J'AI DÉJÀ QUELQU'UN QUI CHERCHE À FAIRE ÉCHOUER MON PLAN, JE NE VEUX PAS EN PLUS D'UN GUARDIAN DE KALI...
MERDE...
DE MES PROPRES MAINS !
JE T'AI DÉJÀ DIT...
QUE TOI, TU MOURRAIS ICI...

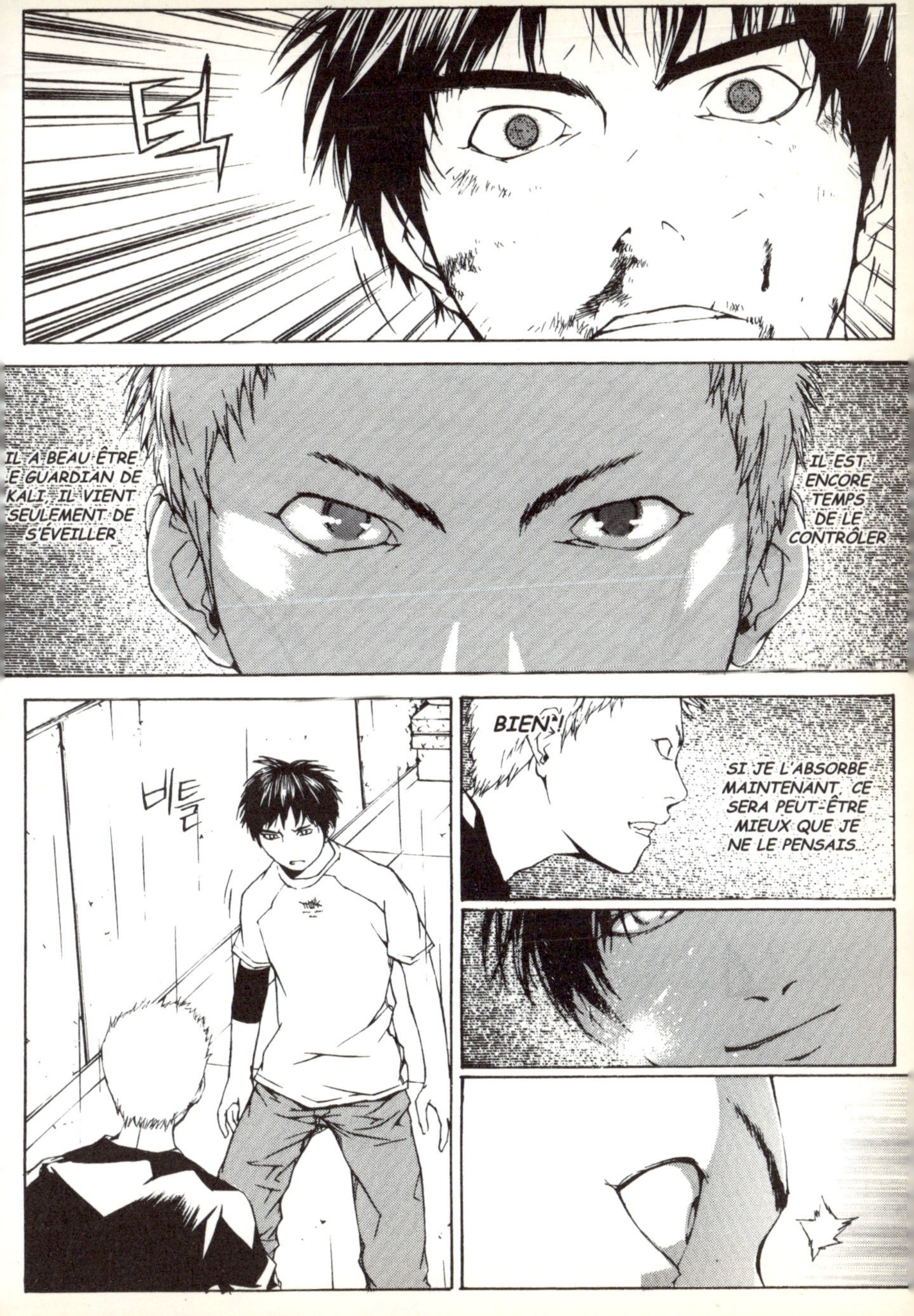
턱
IL A BEAU ÊTRE E GUARDIAN DE KALI, IL VIENT SEULEMENT DE S'ÉVEILLER
IL EST ENCORE TEMPS DE LE CONTRÔLER
비틀
BIEN...!
SI JE L'ABSORBE MAINTENANT, CE SERA PEUT-ÊTRE MIEUX QUE JE NE LE PENSAIS...

CO...
COMMENT ?

?
ET MERDE !

CREUUH...

탁
ALLONS-Y, VITE !
탁 탁 탁탁
OÙ SONT LES MÉDECINS ?
ILS DISENT QU'ILS VIENNENT D'ARRIVER !
LA PLUPART DES PASSAGERS SEMBLENT S'ÊTRE RÉFUGIÉS À L'EXTÉRIEUR
AH BON ?
ET VU QU'IL N'Y A PAS DE FUMÉE, JE PENSE QUE LES PORTES COUPE-FEU ET LES EXTINCTEURS ONT FONCTIONNÉ CORRECTEMENT
ALORS, PLUTÔT QUE DE S'OCCUPER DE L'EXTINCTION DU FEU LUI-MÊME, ALLONS AU SECOURS DES GENS
AH !
?

OUAARGH !!
AH !
QU'EST-CE QUE C'EST QUE ÇA ?
?!

GLOUPS !
EUH... CHEF...
CHEF...
?
...
CHEF ?
CHEF !

TUEZ-
LE !

OUARGH !

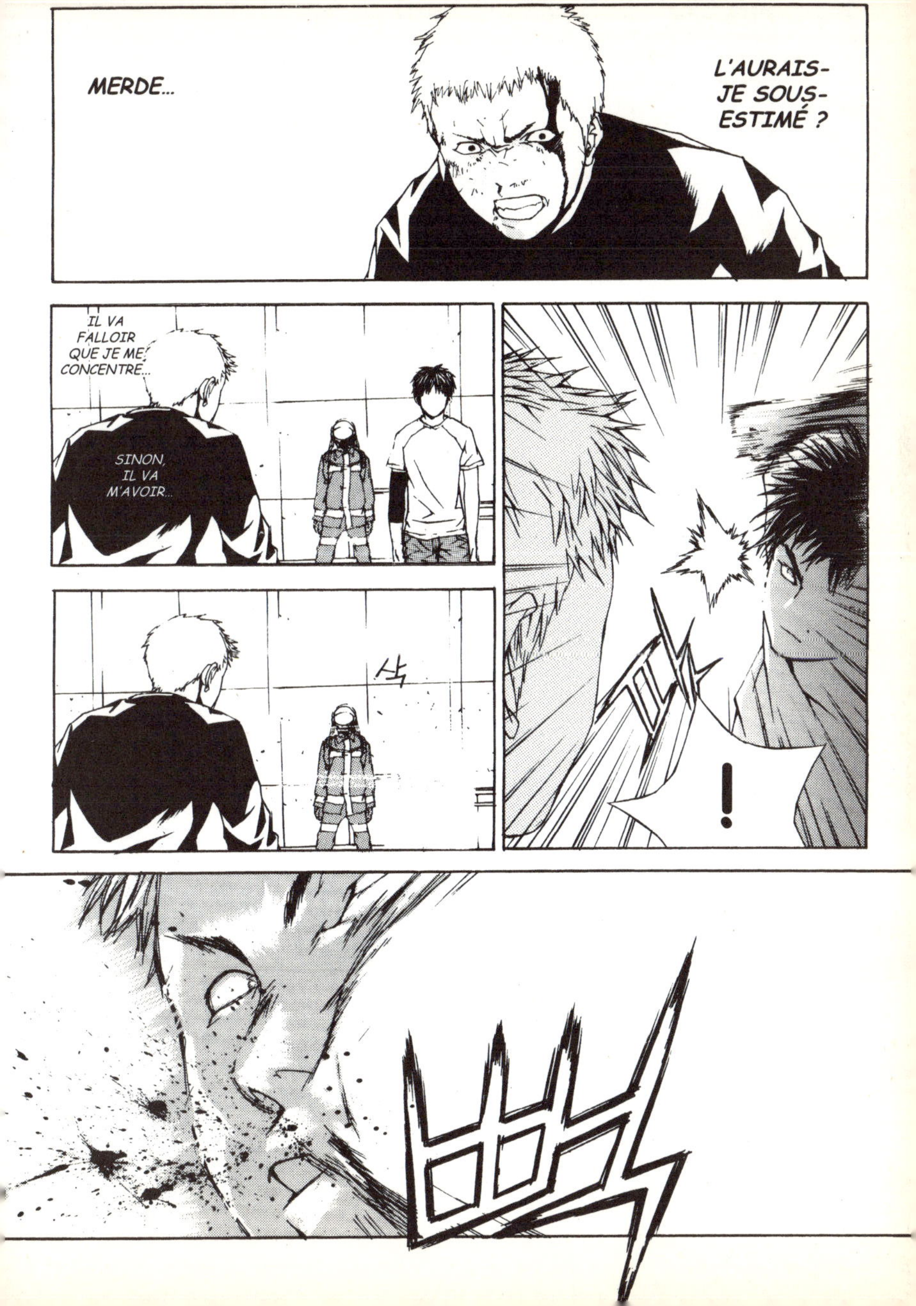
MERDE...
L'AURAIS-JE SOUS-ESTIMÉ ?
IL VA FALLOIR QUE JE ME CONCENTRE...
SINON, IL VA M'AVOIR...
!

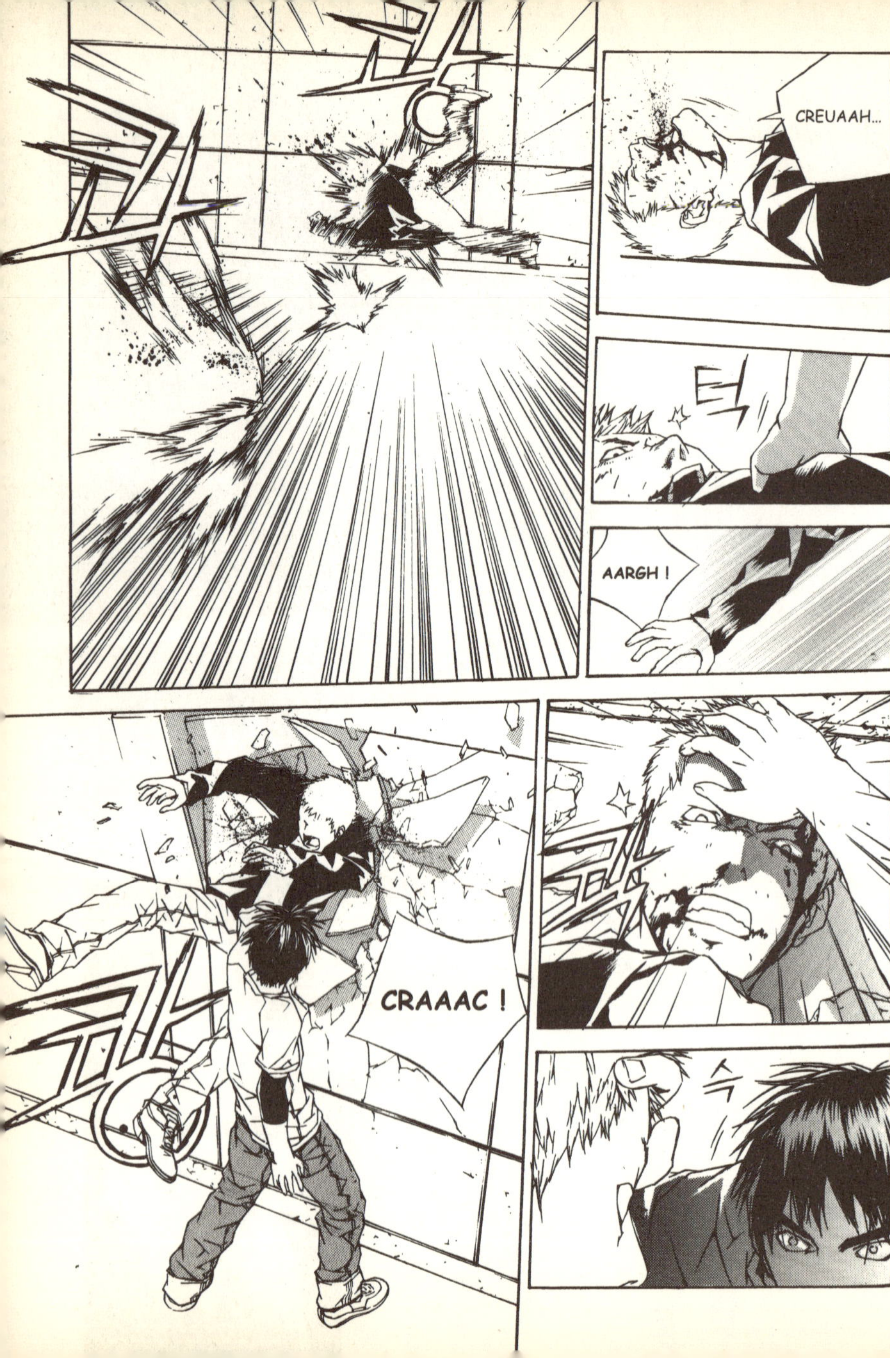
CREUAAH...
AARGH !
CRAAAC !

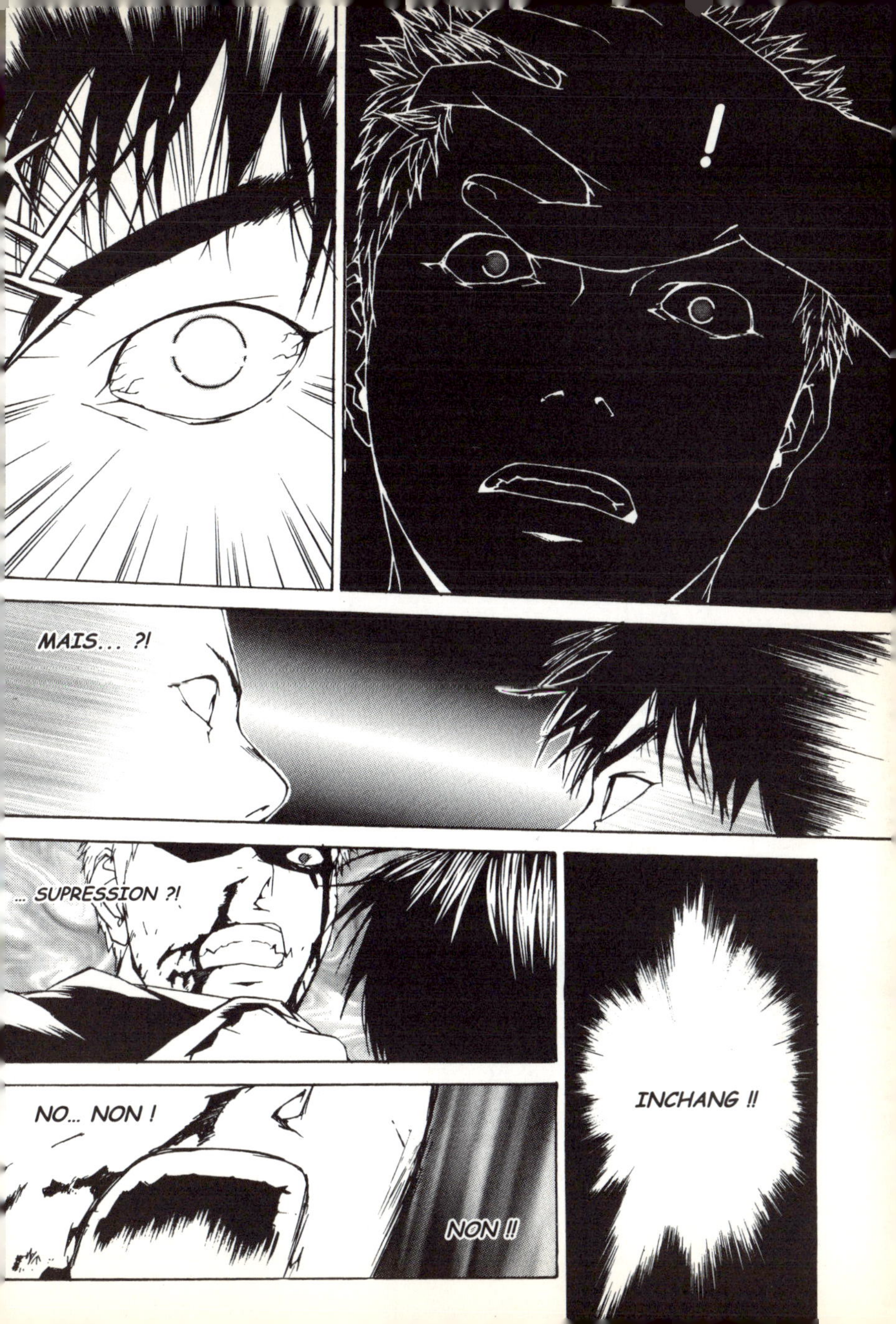
!
MAIS... ?!
INCHANG !!
... SUPRESSION ?!
NO... NON !
NON !!

!
AAH...
TOI...
털썩
비틀
JI...
JINHO ?
QU'EST-CE QU'IL SE PASSE ?
DIS-MOI, JINHO...
두근

OUAAAAH !
CREUUH !
!!
SURCHARGE ?!
IL Y A UN CONFLIT ENTRE LA PERSONNALITÉ D'ORIGINE...
EUAAH...
ET CELLE DU GUARDIAN, QUI ÉTAIT ENREGISTRÉE DANS LE CERVEAU...
으아아아아

I...
INCHANG ?

펑
펑
펑
CRAA !
PUTAIN...
C'EST PUISSANT !
BIEN !
탁
GRÂCE À LUI LE RÉVEIL DU GUARDIAN A ÉTÉ EMPÊCHÉ
탁
탁
탁
C'EST MAINTENANT OU JAMAIS !

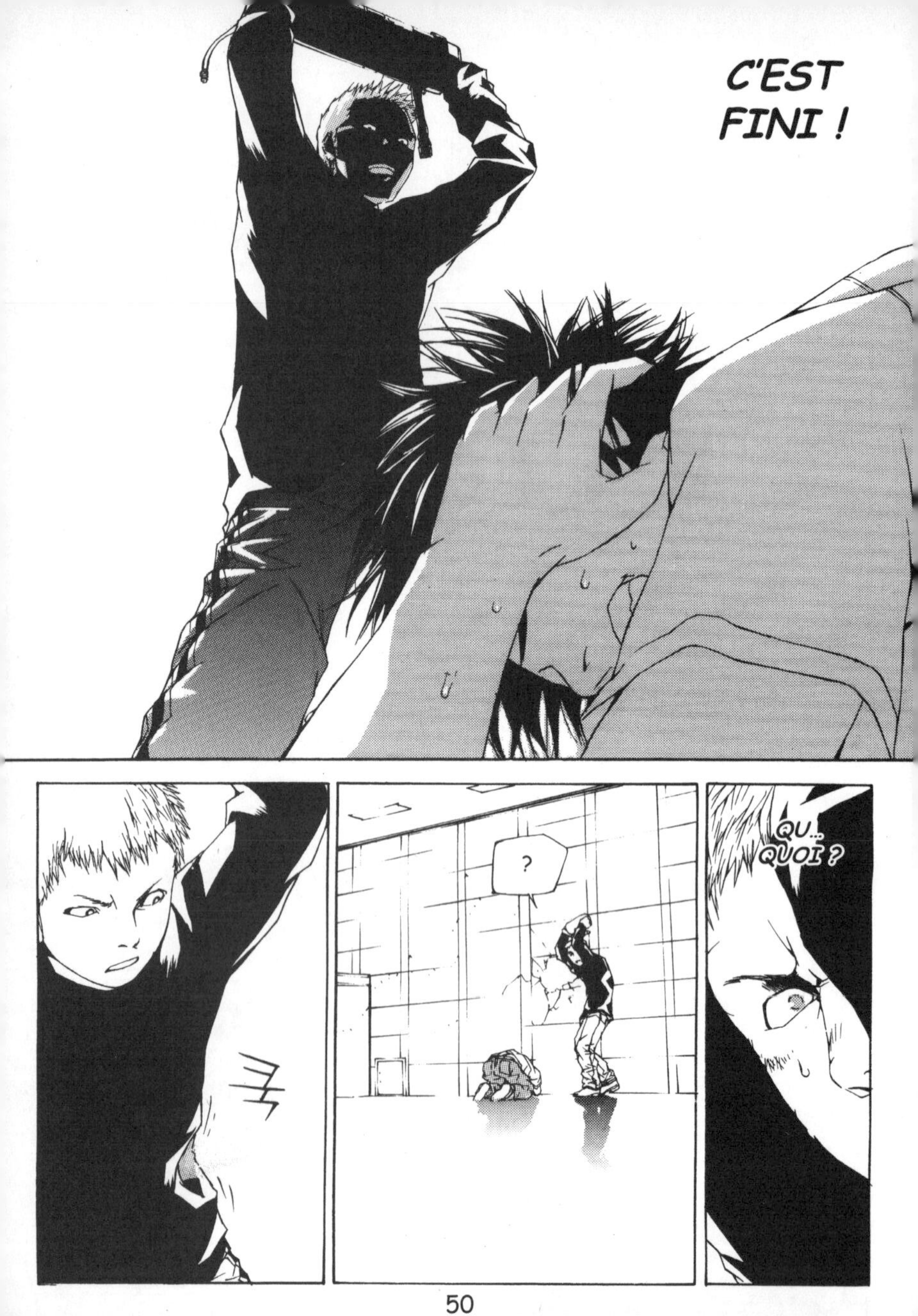
C'EST FINI !
?
QU... QUOI ?

EUAAAA-
HH !
C'EST PAS VRAI !
CREUUH...

TCHH...
ÉQUIPE A, COMPTE RENDU DE LA SITUATION, TCHHH...
TCHH...
지이잉
ÉQUIPE A, COMMENT ÇA SE PASSE ?
지잉
OK !
ICI ÉQUIPE A. NOUS SOMMES PARVENUS À LE MAÎTRISER VIVANT
MISSION TERMINÉE

XS 엑세스

2506 SOT <Phantom>

LOG_17;
Lost Memories(1)

C'EST VRAI ?
OUAIS !
PAPA M'A DIT QUE L'HOMME DEVAIT PROTÉGER LA FEMME, PARCE QU'IL EST PLUS FORT
DONC NE T'INQUIÈTE PLUS !
À PARTIR DE MAINTE-NANT...
NON

TU VAS LE REGRETTER
HEIN ?
...TOI...
TU VAS MOURIR...

!
QUOI ?
MOURIR ?
COMMENT ÇA ?
MOURIR... ?
ÇA NE FAIT RIEN !!

JE TE PROTÈGERAI QUAND MÊME !
TCH
ALORS MAINTENANT...
TCHH-
OÙ SUIS-JE... ?
... NE TINQUIÈTE PLUS... DE RIEN
D'A... D'ACCORD...

AH !
DO... DOCTEUR ! LE PATIENT !
HEIN ?
LE PATIENT S'EST RÉVEILLÉ... !
COMMENT EST-CE POSSIBLE ? IL Y A QUELQUES MINUTES, IL ÉTAIT ENCORE...
VÉRIFIE D'ABORD S'IL A REPRIS CONSCIENCE !
JEUNE HOMME ! VOUS M'ENTENDEZ ?
MAIS QU'EST-CE QUE...
JEUNE HOMME !
VOUS M'ENTENDEZ ?
JEUNE HOMME !
...!
OÙ SUIS-JE ?

TU NE PEUX PAS LA PROTÉGER !
UN SIMPLE HUMAIN COMME TOI...

... NE
POURRA
RIEN FAIRE
POUR ELLE !
PAS
SI VITE...
QU'EST-CE QUE
C'EST QUE CES
CONNERIES ?
QUI ES-TU ?
BIENTÔT...

AAH !
MAINTENANT...
... TU VAS PRENDRE MA PLACE !

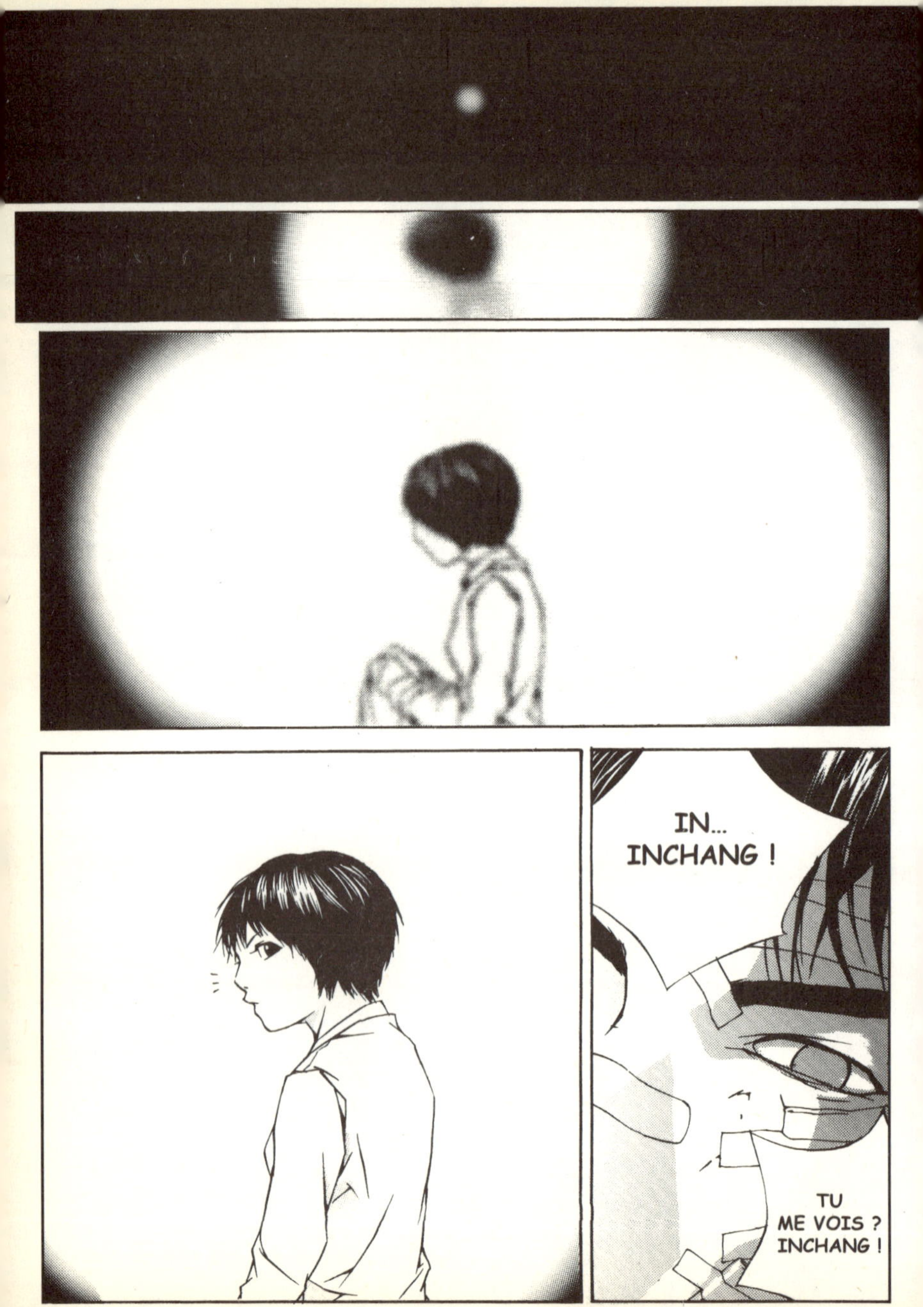
IN... INCHANG !
TU ME VOIS ? INCHANG !

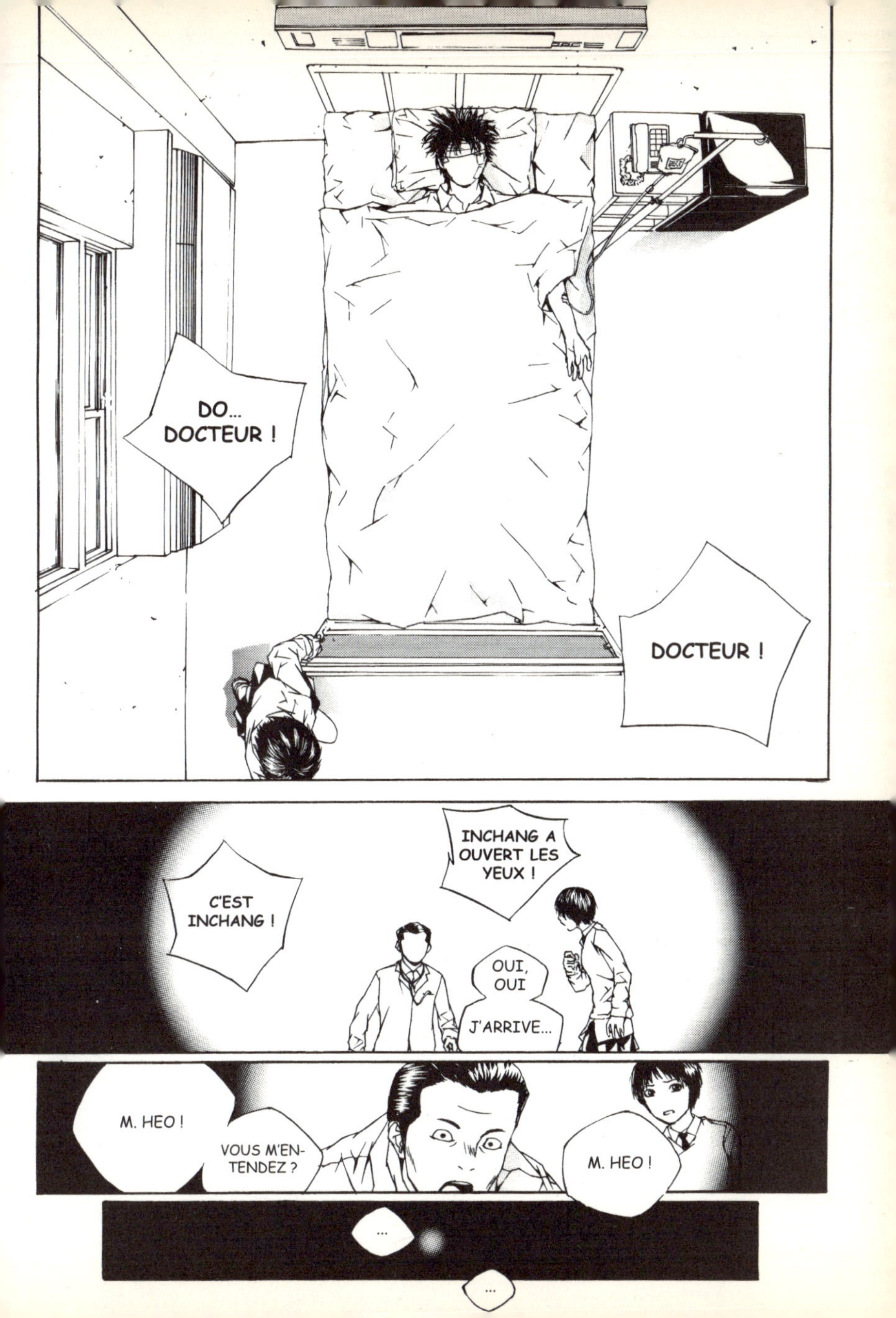
DO... DOCTEUR !
DOCTEUR !
C'EST INCHANG !
INCHANG A OUVERT LES YEUX !
OUI, OUI
J'ARRIVE...
M. HEO !
VOUS M'EN-TENDEZ ?
M. HEO !
...
...

RÉSERVÉ AU PERSONNEL
2506 S.O.T
ACCÈS STRICTEMENT INTERDIT
HORS SÉCURITÉ DE 1RE CLASSE
ZONE DE SÉCURITÉ 1RE CLASSE
PRIÈRE DE PRÉSENTER
L'AUTORISATION D'ENTRÉE
NE CLIGNEZ PAS LES YEUX LORS
DU SCAN DU GLOBE OCULAIRE

LA VOIE DE CONTAMINATION EST TRÈS COMMUNE
APRÈS SON INFECTION PAR L'ANGEL VIRUS,
LA PERSONNALITÉ PARASITE QUI SE TROUVAIT SUR LE NET ENTRE PAR LE PASSAGE QUE LE VIRUS A FORÉ
PUIS, LORS D'UN CHOC PSYCHOLOGIQUE ET PHYSIQUE, LA PERSONNALITÉ ENREGISTRÉE SE RÉVEILLE
ALORS, QU'EST-CE QUI EST DIFFÉRENT ?
EUH... EH BIEN...
EN FAIT...
EN UN MOT,
IL Y A UNE DIFFÉRENCE DE GRADE

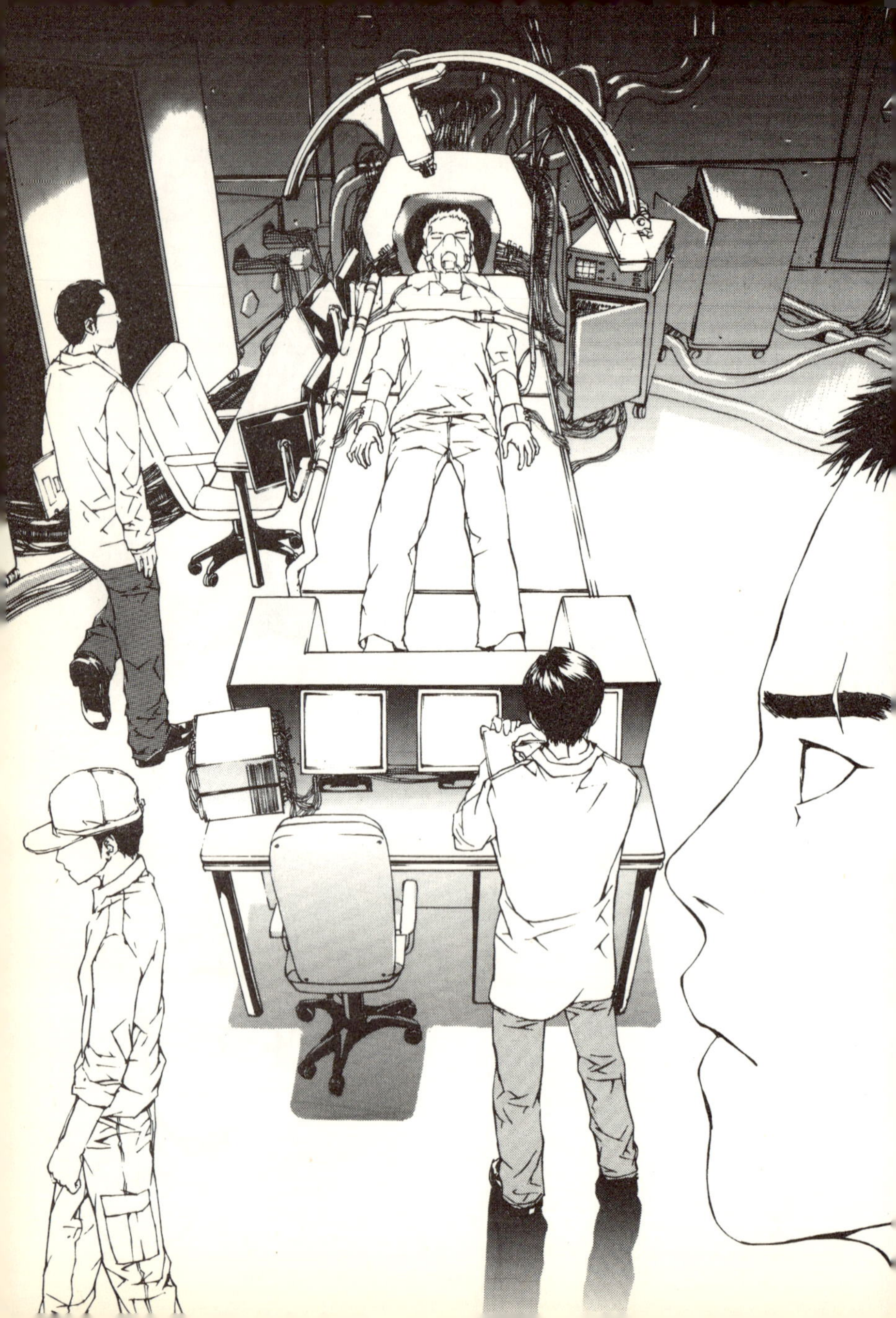

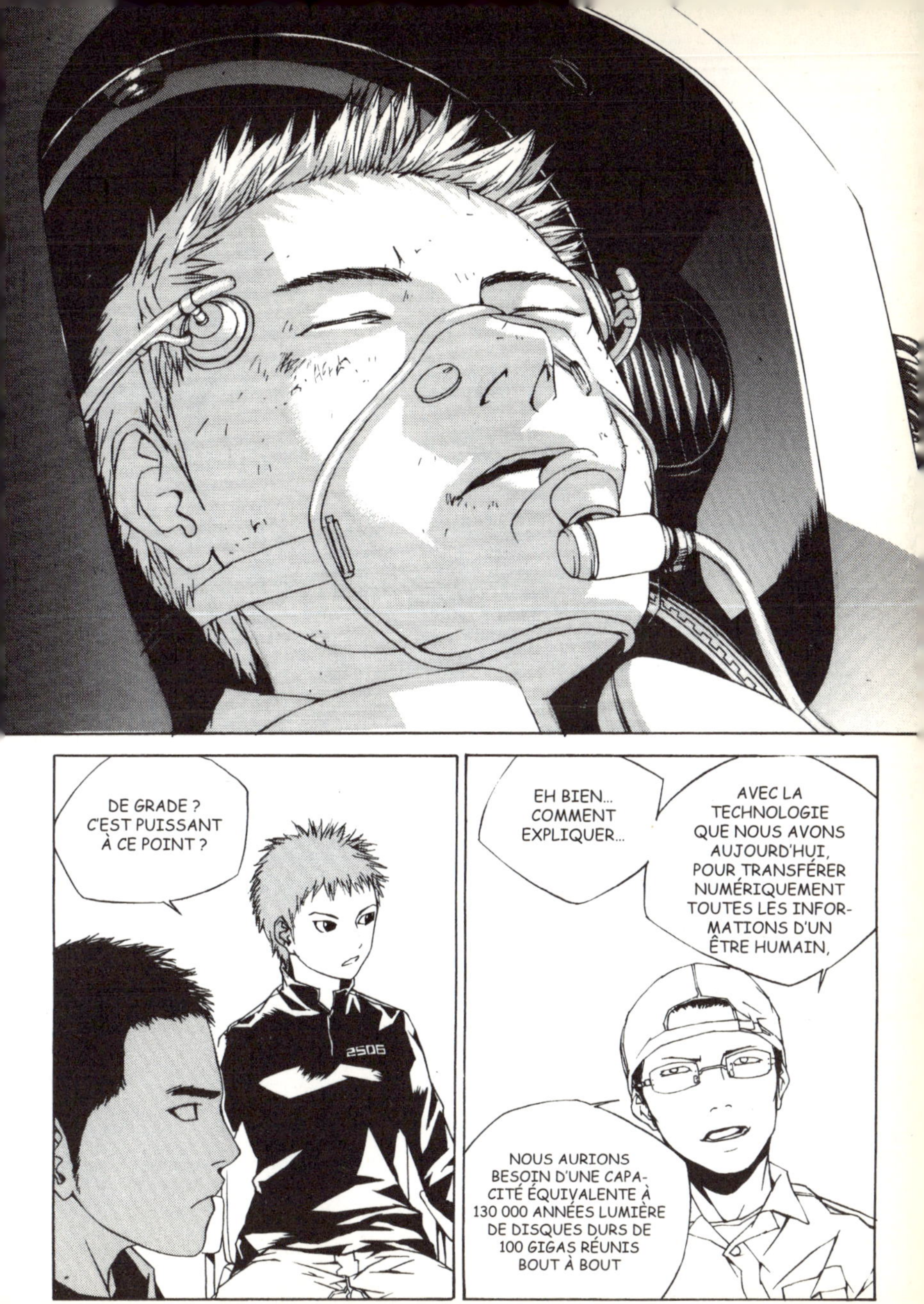
DE GRADE ? C'EST PUISSANT À CE POINT ?
EH BIEN... COMMENT EXPLIQUER...
AVEC LA TECHNOLOGIE QUE NOUS AVONS AUJOURD'HUI, POUR TRANSFÉRER NUMÉRIQUEMENT TOUTES LES INFORMATIONS D'UN ÊTRE HUMAIN,
NOUS AURIONS BESOIN D'UNE CAPACITÉ ÉQUIVALENTE À 130 000 ANNÉES LUMIÈRE DE DISQUES DURS DE 100 GIGAS RÉUNIS BOUT À BOUT
2506

DES DONNÉES D'UN TEL VOLUME PRENDRAIENT DES MILLIERS D'ANNÉES POUR ÊTRE TRANSFÉRÉES AVEC LES TECHNIQUES D'AUJOURD'HUI
MAIS L'ANGEL VIRUS, LUI, EFFECTUE LE TRANSFERT EN QUELQUES HEURES
DE PLUS, L'ANGEL VIRUS DISPOSE ÉGALEMENT D'UNE CAPACITÉ D'ENCODAGE...
... QUI LUI PROCURE LA CAPACITÉ D'ENREGISTRER DES DONNÉES INFORMATIQUES...
... DANS LE CERVEAU HUMAIN
COMME VOUS LE SAVEZ, LA MAJORITÉ DES PERSONNALITÉS PARASITES QUE NOUS AVONS RENCONTRÉES JUSQU'ALORS NE REPRÉSENTAIENT QUE 1/100E DES DONNÉES D'UNE PERSONNE
MAIS CELUI QUI SE TROUVE EN CE MOMENT DANS LE CERVEAU DE CE PETIT...
TOUT CE QUI EST DEDANS...

?
IL EST AU MOINS 5 FOIS PLUS GRAND QUE LES AUTRES !!
... EST MULTIPLIÉ PAR 5 !
5 FOIS ? VOUS PARLEZ BIEN DE SA TAILLE ?

D'HABITUDE, IL FAUT APPROXIMATIVEMENT 5 À 10 HEURES POUR QU'UNE PERSONNALITÉ PARASITE SUR LE NET SOIT TRANSFÉRÉE AU CERVEAU
MAIS DANS SON CAS, ÇA A DÛ PRENDRE AU MOINS 24 HEURES. ET D'APRÈS LES ENQUÊTES, IL A ÉTÉ HOSPITALISÉ IL N'Y A PAS LONGTEMPS
PAR AILLEURS, MÊME SI NOUS NE SOMMES ENCORE QU'AU DÉBUT DE L'ANALYSE,
LA PERSONNALITÉ RÉVEILLÉE EST PROTÉGÉE PAR UNE DIZAINE DE PROGRAMMES
CE N'EST PAS LE CAS HABITUELLE-MENT, OU ALORS IL N'Y A QU'UN OU DEUX PROGRAMMES
VOILÀ... INTÉRESSANT, NON ?
IL FAUDRAIT AU MOINS UNE SEMAINE POUR DÉSACTIVER TOUS CES PROGRAMMES
ET PUIS...
...
FIUU...

JE N'Y COMPRENDS RIEN, ÇA ME DONNE MAL À LA TÊTE
EN GROS, TU VEUX DIRE QUE L'ANALYSE N'A DONNÉ AUCUN RÉSULTAT ?
BAH, CONTINUEZ À DEUX SUR CE QUI EST COMPLIQUÉ
ET APPELEZ MOI QUAND VOUS AUREZ TROUVÉ QUEL-QUE CHOSE D'IMPORTANT...
HÉ, NE PARTEZ PAS SI VITE, JE N'AI PAS FINI ! ♡
D'APRÈS CE QU'ON A RETROUVÉ, IL Y A AUSSI KALI
QUOI ?
COMMENT ÇA ?
MAIS TU VIENS DE DIRE QUE ÇA ALLAIT PRENDRE UNE SEMAINE POUR ENLEVER LES PROGRAMMES DE PROTECTION !!

HÉ, HÉ, ATTENDEZ, CALMEZ-VOUS...
QUOI ? ALLEZ, DÉPÊCHE, RACONTE !
CE N'EST PAS SI DIFFICILE D'OBTENIR LES CODES IDENTIFIANT LES PERSONNES QUI SE SONT CONNECTÉES. JE NE VAIS PAS VOUS EXPLIQUER TOUT LE MÉCANISME...
EN REVANCHE, LA DIFFICULTÉ RÉSIDE DANS LE DÉCODAGE D'ANALYSE DES PROGRAMMES....
ALORS... POUR KIHUN KIM... L'AUTRE FOIS, C'ÉTAIT...
EXACTE-♪ MENT !
VOUS VOUS RAPPELEZ QUE SUR LUI AUSSI, ON A RETROUVÉ LE CODE IDENTIFIANT DE KALI DANS LES DONNÉES DU CERVEAU...
KIHUN KIM ?
VOUS PARLEZ DE CELUI QUI S'EST FAIT ASSASSINER À L'HÔPITAL ?
QUEL EST LE RAPPORT ?
EH BIEN, IL Y A UN CODE QUI LUI CORRESPOND À 99% CHEZ CE GARÇON

ALORS...
TU CROIS QUE C'EST L'AUTRE GAMIN QUI ÉTAIT AVEC LUI QUI...
OH NON !
QUAND ON A SCANNÉ SON CERVEAU, IL N'Y AVAIT AUCUNE TRACE D'INFECTION
도리 도리
C'EST BIEN POUR ÇA QU'ON L'A RENVOYÉ. DE PLUS, CELUI LÀ...
?
QUOI ?
SON QI N'ATTEIGNAIT MÊME PAS LA NORME !
JE COMPRENDS MAINTENANT...

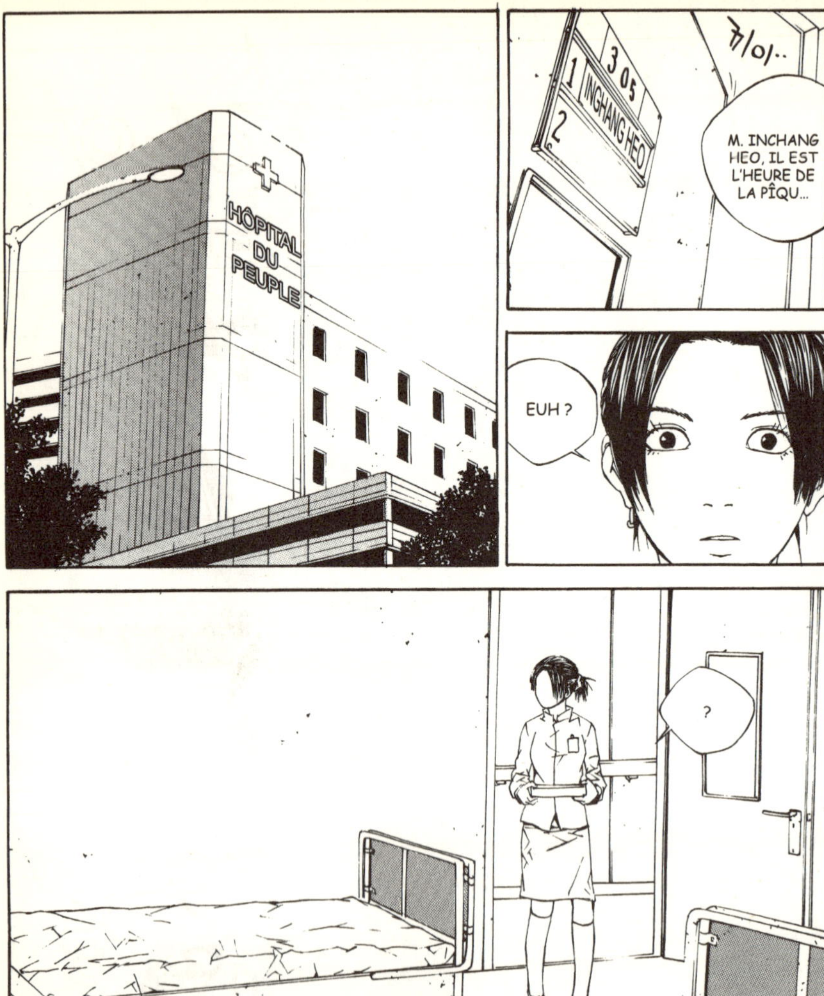
HÔPITAL DU PEUPLE
3 05
1
INGHANG HEO
2
M. INCHANG HEO, IL EST L'HEURE DE LA PÎQU...
EUH ?
?

바아아아아아
즈아아아아아

구~
구~
바아아아

바아아아
슥
끼이이익
푸드드

Log-17 END

XS 엑세스

LOG_18;Lost Memories(2)

C'EST VRAI ?
OUAIS

J'ÉTAIS À L'HÔPITAL,
ET J'AI EU L'IMPRESSION QUE QUELQU'UN ÉTAIT EN TRAIN DE M'APPELER
ALORS J'AI AVANCÉ, SANS SAVOIR OÙ EXACTEMENT...
ET IL ÉTAIT LÀ, COMME S'IL M'ATTENDAIT...

I...
INCHANG ?
IL S'EST RÉVEILLÉ. PEUT-ÊTRE QUE C'EST SEULEMENT TEMPORAIRE...

RÉVEILLÉ ? COMMENT... COMMENT ÇA ?
MOI ET J, NOUS SOMMES DES GUARDIANS CRÉÉS POUR TE PROTÉGER
DES GARDIENS ?
JUSQU'À MAINTENANT, IL NE S'EN RENDAIT PAS COMPTE...
MAIS QUAND IL A DÛ FAIRE FACE À UNE SITUATION OÙ L'ÊTRE HUMAIN NE POUVAIT RIEN FAIRE...
J, LE GUARDIAN QUI ÉTAIT EN LUI, S'EST RÉVEILLÉ
MAIS DE QUOI VOUS VOULEZ PARLER ?

JE N'Y COMPRENDS RIEN ! GUARDIAN ? J ?
MAIS POURQUOI VOUS APPELEZ INCHANG, "J" ?
ET VOUS ? QUI ÊTES-VOUS ? POURQUOI VOUS N'ARRÊTEZ PAS D'APPARAÎTRE COMME ÇA DE N'IMPORTE OÙ... ?
TU NE TE RAPPELLES PAS ENCORE...
DE LA PERSONNE QUI NOUS A CRÉÉS, J ET MOI ?
CELLE QUI A IMPLANTÉ LA PERSONNALITÉ DE J DANS LE CERVEAU D'INCHANG... ET...
CELLE QUI TIENT LE DESTIN DE TOUTE L'HUMANITÉ DANS LA MAIN... ?

C'EST TOI...

MINA...
HÉ HO !
...
À QUOI TU PENSES LÀ ?
HÉ ! MINA !!
GLOUPS
EUH... RIEN. À RIEN...
MAIS...
ALORS, QU'EST-CE QUI S'EST PASSÉ ? IL T'A DIT QUELQUE CHOSE ?

BAH... EN FAIT...
IL A ENCORE RACONTÉ DES HISTOIRES À DORMIR DEBOUT, ET JE LUI AI DIT QUE S'IL RECOMMENÇAIT ENCORE UNE FOIS, JE LE TUERAIS...
JE LUI AI DIT QUE JE LE MASSACRERAIS AVEC CE POING ATOMIQUE...
OUAIS... JE VOIS !
BON, ÇA C'EST UNE AUTRE HISTOIRE MAIS...
QUOI ?
EST-CE QUE TU TE RAPPELLES...
DU JOUR OÙ ON S'EST RENCONTRÉS POUR LA PREMIÈRE FOIS ?
LE 1ER JOUR OÙ NOUS NOUS SOMMES RENCONTRÉS ?

EUH...
AH ! C'ÉTAIT QUELQUES JOURS APRÈS MON DÉMÉNAGEMENT, ET IL NEIGEAIT, NON ?
POURQUOI ?
QUAND J'AI PERDU CONSCIENCE, J'AI PERDU LA MÉMOIRE...
MAIS...
JE ME DEMANDAIS SI ON NE S'ÉTAIT PAS RENCONTRÉS AVANT...
AVANT ?
OUI
TU TE RAPPELLES DE QUELQUE CHOSE ?
EUH... NON...

EN FAIT, MOI AUSSI JE N'AI PAS BEAUCOUP DE SOUVENIRS DE MON ENFANCE AUX ÉTATS-UNIS
ET TOI ? IL Y A DES CHOSES QUI TE REVIENNENT PARFOIS ?
HEIN ?
...
NON... COMME ÇA
MAIS JE ME DISAIS QUE PEUT-ÊTRE, ON S'ÉTAIT VUS AVANT...

?
미 나
HÉ, TU NE VOUDRAIS PAS ALLER AU CYBERCAFÉ ?
CYBERCAFÉ ? NON !
QUOI ? POURQUOI ?
JE CONNAIS AUCUN JEU !
TU VEUX ALLER AU CINÉMA ALORS ?
NON !
POURQUOI ? POURQUOI ?!
TU SAIS TRÈS BIEN QUE JE DORS AU BOUT DE 10 MINUTES QUAND IL FAIT NOIR !
...

HÉ ! INCHANG !

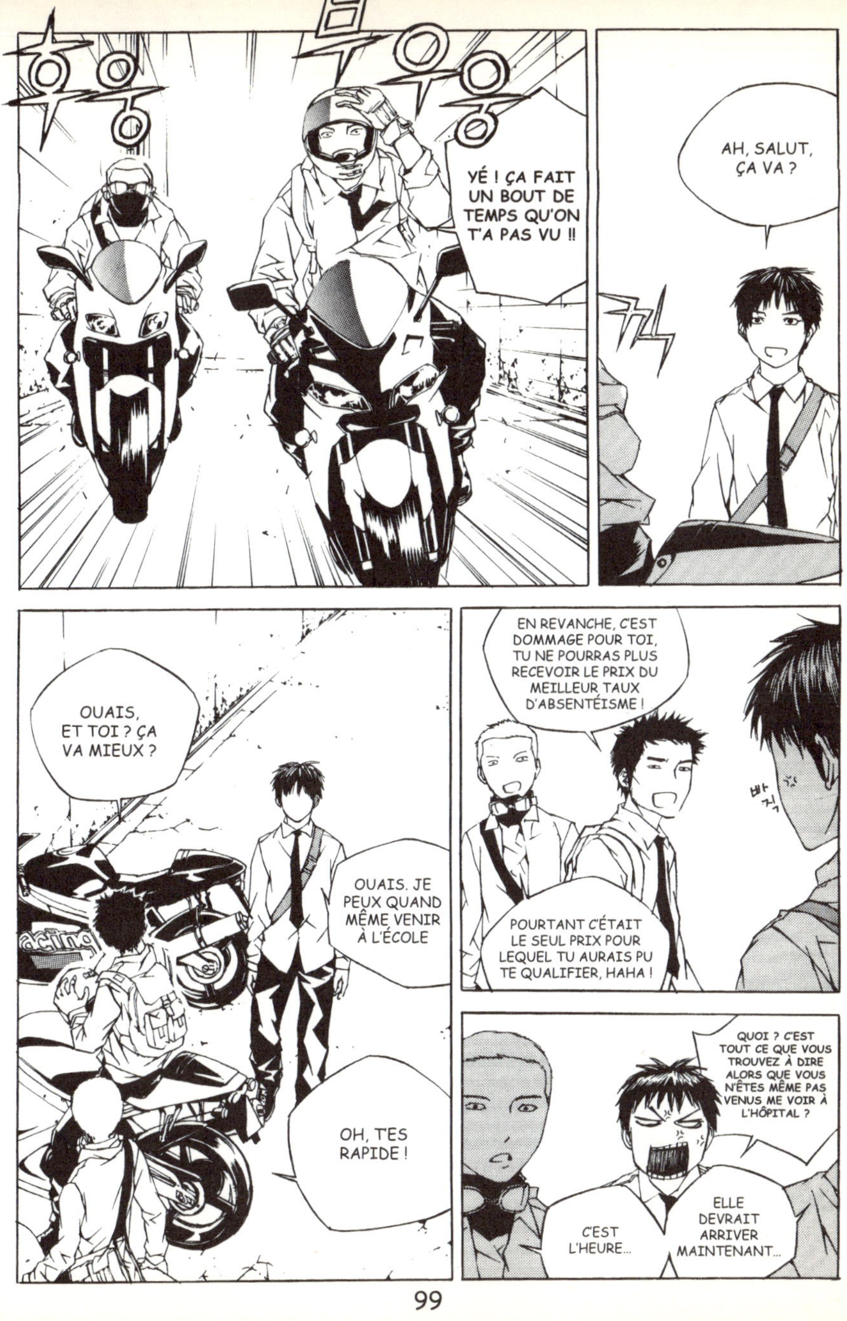
후웅
부우웅
YÉ ! ÇA FAIT UN BOUT DE TEMPS QU'ON T'A PAS VU !!
AH, SALUT, ÇA VA ?
OUAIS, ET TOI ? ÇA VA MIEUX ?
OUAIS. JE PEUX QUAND MÊME VENIR À L'ÉCOLE
OH, T'ES RAPIDE !
EN REVANCHE, C'EST DOMMAGE POUR TOI, TU NE POURRAS PLUS RECEVOIR LE PRIX DU MEILLEUR TAUX D'ABSENTÉISME !
POURTANT C'ÉTAIT LE SEUL PRIX POUR LEQUEL TU AURAIS PU TE QUALIFIER, HAHA !
빠직
QUOI ? C'EST TOUT CE QUE VOUS TROUVEZ À DIRE ALORS QUE VOUS N'ÊTES MÊME PAS VENUS ME VOIR À L'HÔPITAL ?
C'EST L'HEURE...
ELLE DEVRAIT ARRIVER MAINTENANT...

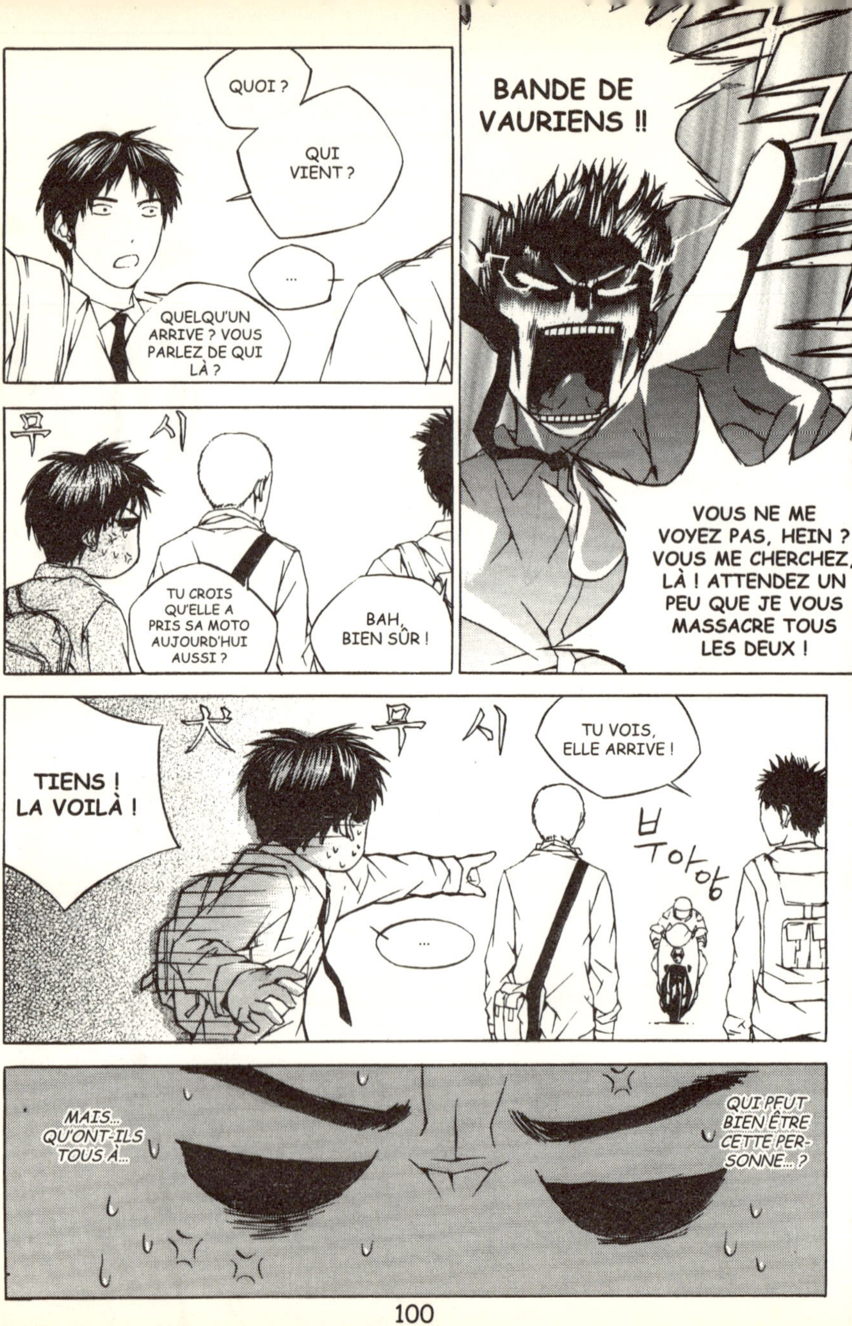
QUOI ?
QUI VIENT ?
...
QUELQU'UN ARRIVE ? VOUS PARLEZ DE QUI LÀ ?
무 시
TU CROIS QU'ELLE A PRIS SA MOTO AUJOURD'HUI AUSSI ?
BAH, BIEN SÛR !
BANDE DE VAURIENS !!
VOUS NE ME VOYEZ PAS, HEIN ? VOUS ME CHERCHEZ, LÀ ! ATTENDEZ UN PEU QUE JE VOUS MASSACRE TOUS LES DEUX !
TIENS ! LA VOILÀ !
大 무 시
TU VOIS, ELLE ARRIVE !
부아앙
...
MAIS... QU'ONT-ILS TOUS À...
QUI PFUT BIEN ÊTRE CETTE PERSONNE... ?

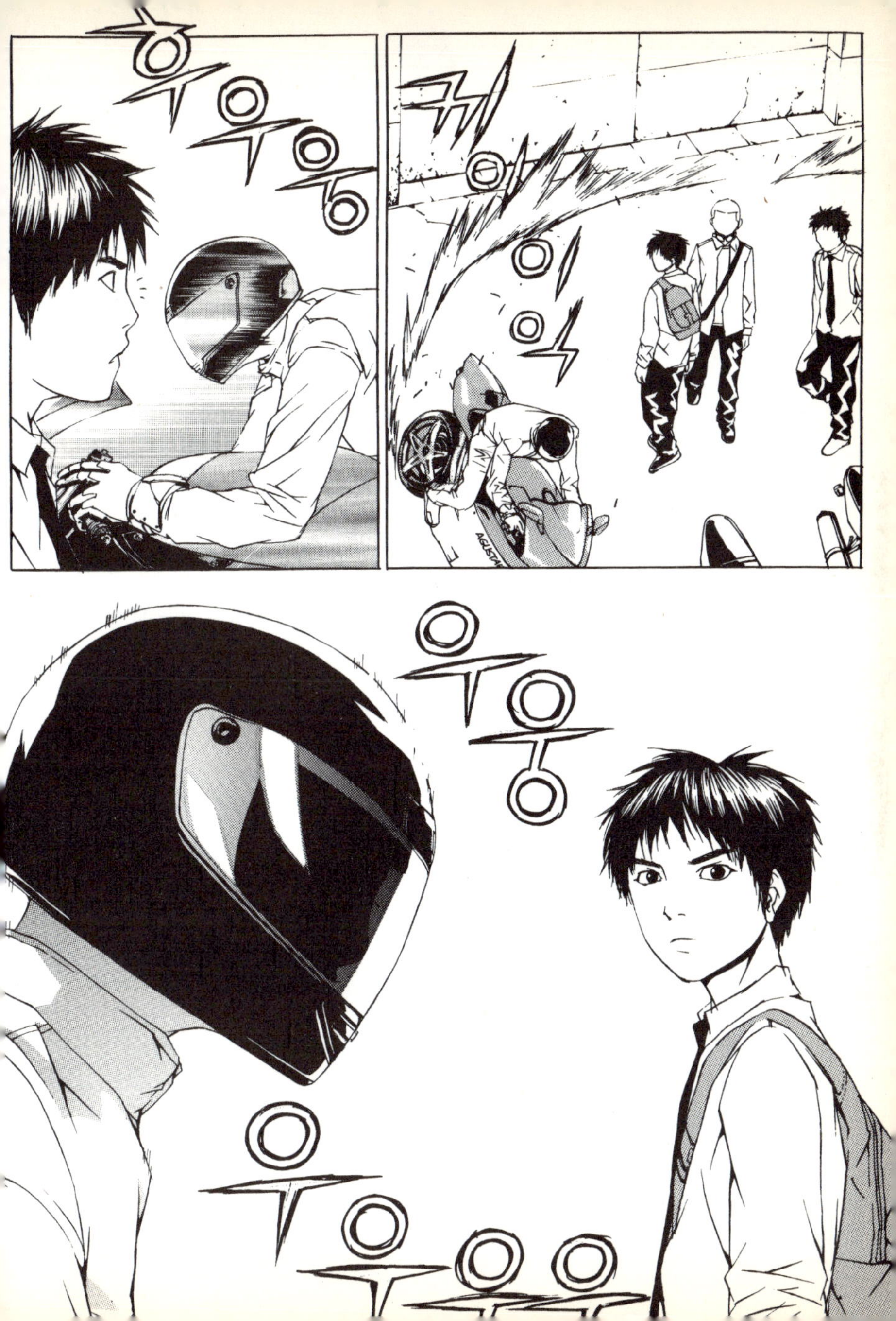
후우웅
끼이이익
우웅
우우우

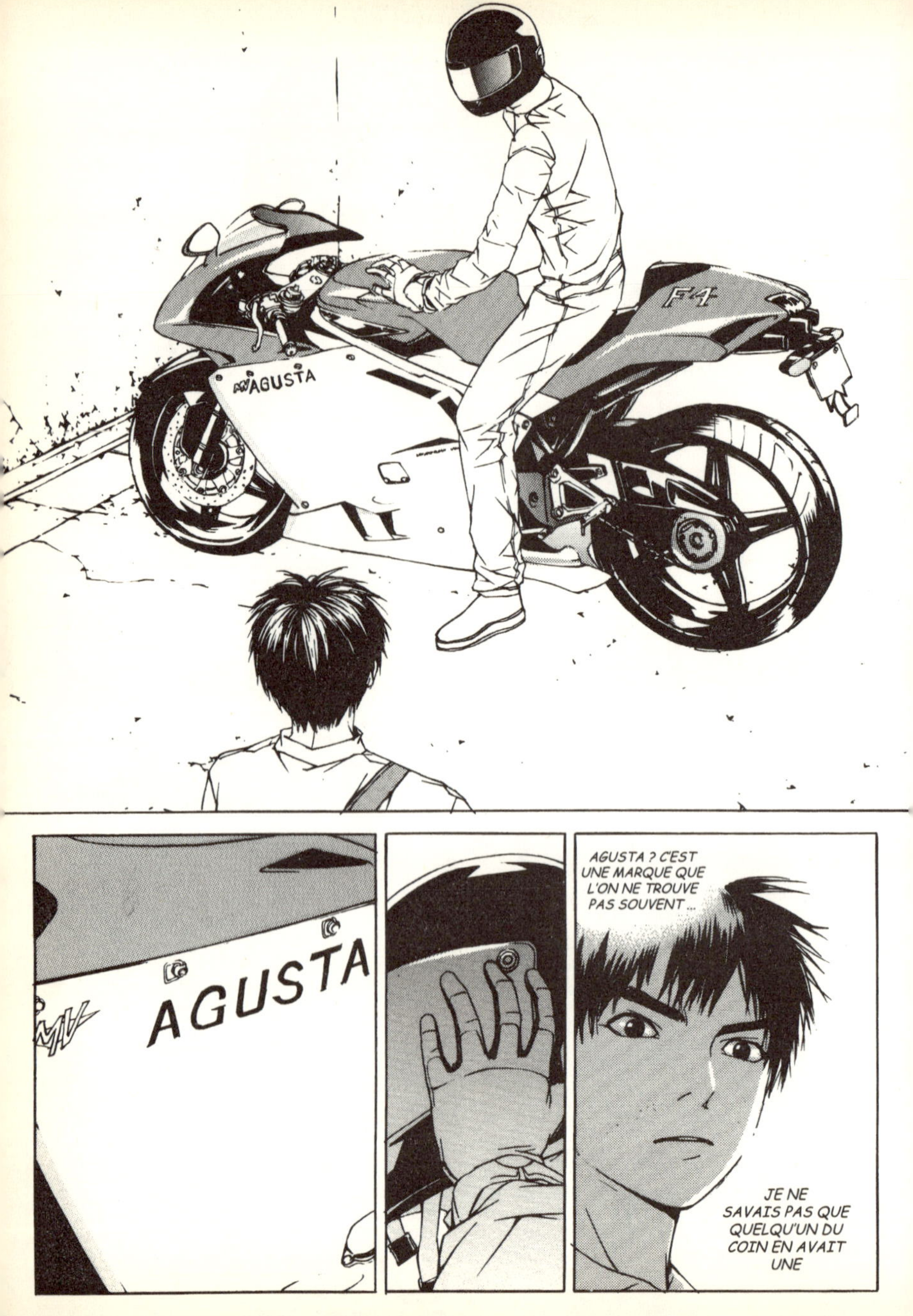
AGUSTA
F4
AGUSTA ? C'EST UNE MARQUE QUE L'ON NE TROUVE PAS SOUVENT ...
JE NE SAVAIS PAS QUE QUELQU'UN DU COIN EN AVAIT UNE
AGUSTA

GLOUPS
C'EST... C'EST UNE FILLE ?!
SALUT, T'ES UN PEU EN RETARD AUJOURD'HUI !
OUAIS, JE ME SUIS RÉVEILLÉE UN PEU TARD CE MATIN
AH, D'ACCORD, JE VOIS ♡

?
C'EST TOI... INCHANG ?
HEIN ?
OU... OUI
ON M'AVAIT DIT QUE TU ÉTAIS À L'HÔPITAL, MAIS JE VOIS QUE ÇA VA MAINTENANT !
EUH... OUI !
TANT MIEUX, JE SUIS VRAIMENT RAVIE DE TE CONNAÎTRE, INCHANG ! ♡
착
FAISONS AMI-AMIE, T'ES D'ACCORD ? ♡

MAIS... D'OÙ EST-CE QU'ELLE SORT ?
M... MAIS
EUH... OUI... D'ACCORD
ZIIP
ELLE EST BELLE QUAND MÊME
HEIN ?
지이이이이이이이
EUH... !
EUH... EUH...

Log-18 END

?
HÉ ! INCHANG, 'U SAIGNES DU NEZ !!
HEIN ?
T'ES ENCORE MALADE ?

?
NO... NON C'EST RIEN
ÇA M'ARRIVE PARFOIS ...
AH BON ?
TIENS ?
IL EST DÉJÀ L'HEURE
DÉPÊCHONS-NOUS, ON VA ARRIVER EN RETARD !
D'ACCORD ♡
TU VEUX QUE JE TE PORTE TON SAC ?
NON, ÇA VA
PASSE, PASSE !

MAIS QUI EST-ELLE ? ELLE M'A FAIT PEUR...
?
TU L'AS VUE ? ELLE EST BIEN, HEIN ?
BIEN SÛR QUE OUI, AUJOURD'HUI C'EST ROSE PASTEL !
OH OH !
HÉ INCHANG, ÇA FAISAIT LONGTEMPS QU'ON NE T'AVAIT PAS VU !
MAIS...
ALLONS VITE AU PROCHAIN ENDROIT !
QU'EST-CE...
QUE....
슥
주르륵
슥
탁
덜컹
타탁
HÉ ! INCHANG, QU'EST-CE QUE TU FAIS LÀ-BAS À SAIGNER DU NEZ ?
HÉ, QU'EST-CE QU'ON VA VOIR APRÈS ?
...
ELLE A SPORT, DONC, ELLE DOIT ÊTRE DANS LES VESTIAIRES POUR SE CHANGER !
OK !
YEH, INCHANG, T'ES SORTI DE L'HÔPITAL ?
VITE, VITE !

NOM : INCHANG HEO (18 ANS)
PROFESSION : ÉLÈVE AU LYCÉE SUSUNG

NOM : MINA PARK
PROFESSION : ÉLÈVE AU LYCÉE SUSUN

NOM : ?
PROFESSION : SET

NOM : KIJUN PARK (PÈRE DE MINA)
PROFESSION : HOMME AU FOYER

LOG_19 : Jiha

NOM : SLASH
PROFESSION (?) : GUARDIAN

NOM : WOOJIN JEONG, NOA LIU
PROFESSION : 2506SOT (PHANTOM)

NOM : JIHA SHIN
170 CM, 50 KG, 89-61-84

NOM : JIHYUNG SONG
(AUTEUR DE XS)
ÉTAT DE SON TRAVAIL : RAS
SITUATION ACTUELLE :
BORDÉLIQUE
DERNIER ESPOIR : UN
RETOURNEMENT DE
SITUATION

PER..
VERS
HEIN ?
QUOI ?
C'EST QUOI CETTE TÊTE QUE TU ME FAIS LÀ ? QU'EST-CE QUE T...
MEURS, ESPÈCE DE PERVERS !!
AARGH !

FIUU
EUAAHH
MAIS QU'EST-CE QUI TE PREND ? QU'EST-CE QUE J'AI FAIT ?
DIS-MOI UN PEU ! QUE JE COMPRENNE, AU MOINS...
POURQUOI...
둥~
Félicitations !! L'élu d'aujourd'hui...
Inchang Heo !
BLOP

HAHA, LES FILLES...
AH LÀ LÀ, MON PORTABLE...
OH, T'AS EU PEUR INCHANG ? T'INQUIÈTE PAS, LES FILLES SONT TOUJOURS COMME ÇA. ELLE AURA VITE OUBLIÉ !
HEIN ?
C'EST À TOI, LE PORTABLE ?
OUI
DONC LA PHOTO AUSSI, C'EST TOI QUI L'AS PRISE ?
BAH OUAIS, BIEN SÛR QUE C'EST MOI !
...
ELLE EST TROP BIEN LA PHOTO, NON ? L'ANGLE DE VUE EST SUPER !
AAARGH !!

HÉ ! INCHANG !
AAAAH !
HÉ, MAIS QUOI… ?
ARRÊTE-LE, ARRÊTE !!
VOUS AUSSI, VOUS LUI TENIEZ COMPAGNIE ?
OUPS !
HEIN ?!
VENEZ PAR LÀ, ON A DES CHOSES À SE DIRE JE CROIS !
MÊME COMPAGNIE ?
NO… NON
NOUS… NOUS…
AAAAH !
AAARGH !
AU SECOURS !
VENEZ PAR LÀ VAURIENS !!
APPELLE LA PO-LICE !!
… !

ELLE S'APPELLE JIHA SHIN. ELLE MESURE 170CM, 50KG, 89-61-84
ELLE EST ARRIVÉE DU JAPON MERCREDI DERNIER
CE MATIN, 5 GARS SE SONT DÉJÀ FAITS AVOIR COMME TOI PAR SON MANÈGE
2 JOURS APRÈS SON ARRIVÉE, ELLE EST DEVENUE L'ÉGÉRIE DE LA RIVE DROITE, PUIS DE TOUTE LA VILLE EN SEULEMENT 5 JOURS
ACTUELLEMENT, ELLE A 5 FANS CLUBS RIEN QUE DANS NOTRE LYCÉE !
LES CLUBS COMPTENT AU TOTAL PLUS DE 2000 MEMBRES
IL PARAÎT QU'IL Y AURAIT DES PROFS PARMI EUX
APPAREMMENT, BEAUCOUP D'AGENCES ONT ESSAYÉ DE LA CONTACTER
PAS MAL, NON ?
MÊME AVEC UNE STAR, ÇA N'AURAIT PAS FAIT CET EFFET-LÀ
시끌
시끌
MAIS... QU'EST-CE QU'IL FONT, LÀ BAS ?
AH, ÇA ?

BAH, IL Y A DES PAPARAZZI QUI METTENT DES PHOTOS D'ELLE SUR LES SITES DE FAN. PUISQU'ELLE VIENT D'AVOIR SPORT
ILS DOIVENT ÊTRE EN TRAIN D'ATTENDRE QUELQUE CHOSE COMME "JIHA EN TENUE DE SPORT" !
AH... AH BON ?
MAIS ÇA DEVIENT CARRÉMENT DU DÉLIT !
ET OUAIS !
IL Y A MÊME DES TARÉS QUI ONT ACHETÉ DES ÉQUIPEMENTS, DES CAMÉRAS INFRAROUGES AVEC DES LENTILLES ULTRA-PRÉCISES...
QUOI ?!
RAAA...
CONCENTREZ-VOUS PLUTÔT SUR VOS ÉTUDES, CRÉTINS ! SI VOUS METTIEZ AUTANT D'ÉNERGIE DANS LE TRAVAIL, VOUS SERIEZ CARRÉMENT CAPABLES D'ALLER À HARVARD !
BAH... C'EST ÇA LES MECS !
TIENS, ELLE EST AVEC MINA ?
HEIN ?
OÙ ÇA ?
LÀ-BAS

QUOI ?
ELLES SE CONNAISSENT BIEN ?
BEN OUAIS... TU NE SAVAIS PAS ?
OUAAH !! C'EST BON ! C'EST LÀ !
FAIS VOIR, FAIS VOIR !
시끌
시끌
DE QUOI ?
BAH, QUAND ELLE EST ARRIVÉE, LE PROF PRINCIPAL A DEMANDÉ À MINA DE LUI FAIRE VISITER LE LYCÉE
OUAAH ! C'EST ROSE !
시끌
OÙ ÇA ? OÙ ÇA ?
시끌
RAAAAA !! TAISEZ-VOUS UN PEU !
ET DEPUIS, ELLES SONT TOUJOURS ENSEMBLE
AH ?♡
C'EST JIHA QUI VEUT RESTER AVEC MINA
MINA NE T'A RIEN DIT ?
HEIN ?
MAIS POUSSEZ-VOUS UN PEU !
HÉ, T'ARRÊTE UN PEU ? INCHANG !
JE LE SAVAIS...
시끌
시끌
BOUGE TA TÊTE UN PEU !
RAAA !! POUSSEZ-VOUS UN PEU !!

IL EST QUOI POUR TOI ?
JE PARLE DE LUI, INCHANG
HM ? QUI ? QUOI ?
... !
... !
... !
PFFF... QU'IL EST BÊTE CELUI-LÀ...
EST-CE QUE...
VOUS SORTEZ ENSEMBLE ?

헉
NO... NON...
NON, PAS DU TOUT !
QUELLE BLAGUE !
MAIS ÇA VA PAS NON ?!
NOUS... NOUS SOMMES...
SEU... SEULEMENT DE...
TRÈS BON AMIS...
VOILÀ, DES AMIS D'ENFANCE !
AH, D'ACCORD, D'ACCORD. JE VOIS, JE VOIS
안절
부절
ON SE CONNAÎT DEPUIS TRÈS LONGTEMPS... ! AHAHA ! VOILÀ !
TU VOIS ? HEIN ? HEIN ? JUSTE DES AMIS !
ÇA VA BIENTÔT SONNER, RENTRONS
쌩~

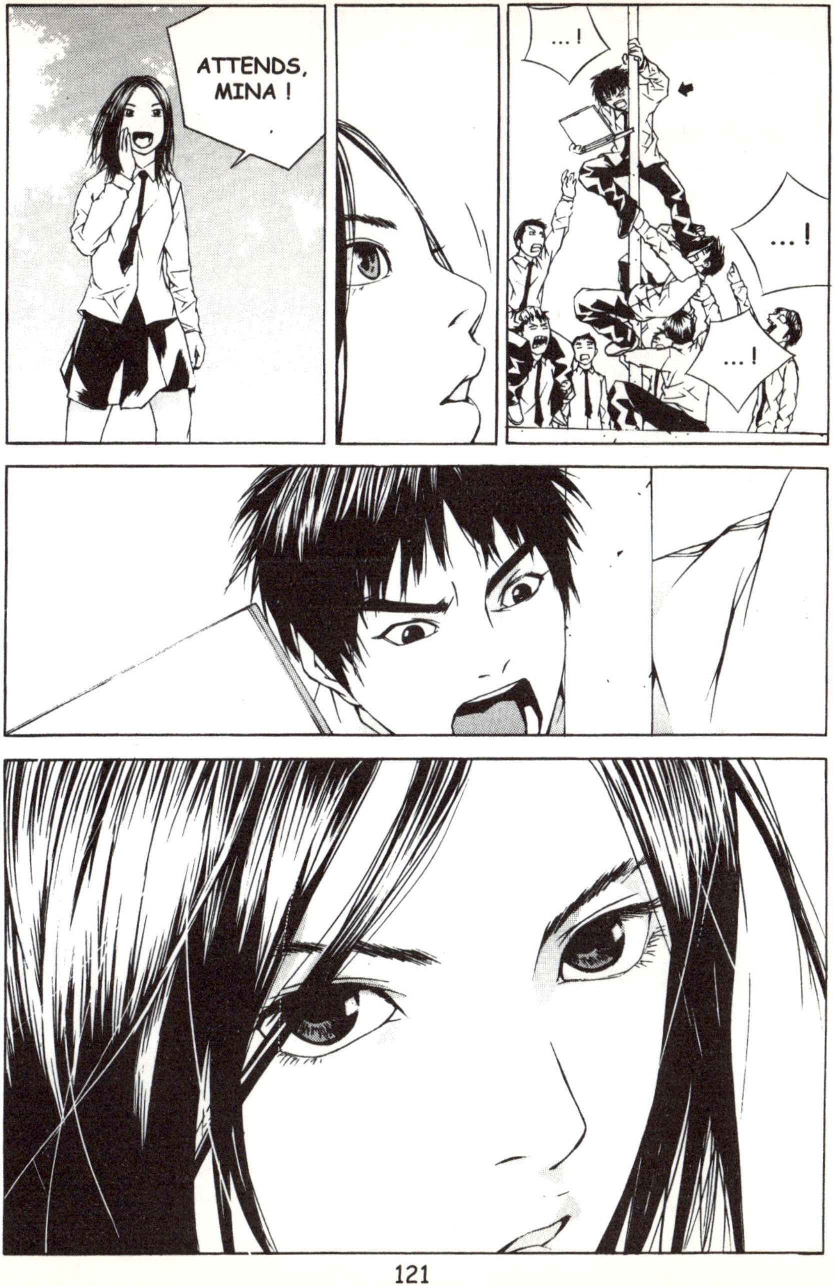
ATTENDS, MINA !
...!
...!
...!

뚜뚜뚜
뚜뚜뚜

뚝 뚝..
...
YES...

JE VOIS QUE TU ES TRÈS ATTENTIF ET MINUTIEUX DANS LE TRAVAIL, CONTRAIREMENT À D'AUTRES HUNTERS...
OU EST-CE SEULEMENT PARCE QUE...
TU ES PLUS LÂCHE QUE LES AUTRES ?
JE VOUDRAIS D'ABORD VOIR L'OBJET EN QUESTION...

T'AS UN ÉCHANTILLON À CÔTÉ DE TOI...
ÇA A ÉTÉ EXTRAIT PAR UNITÉ DE 100G, VÉRIFIEZ
CLAP
BIIIP
BII
BII
OK
FALSIFICATION DE VOIX ?

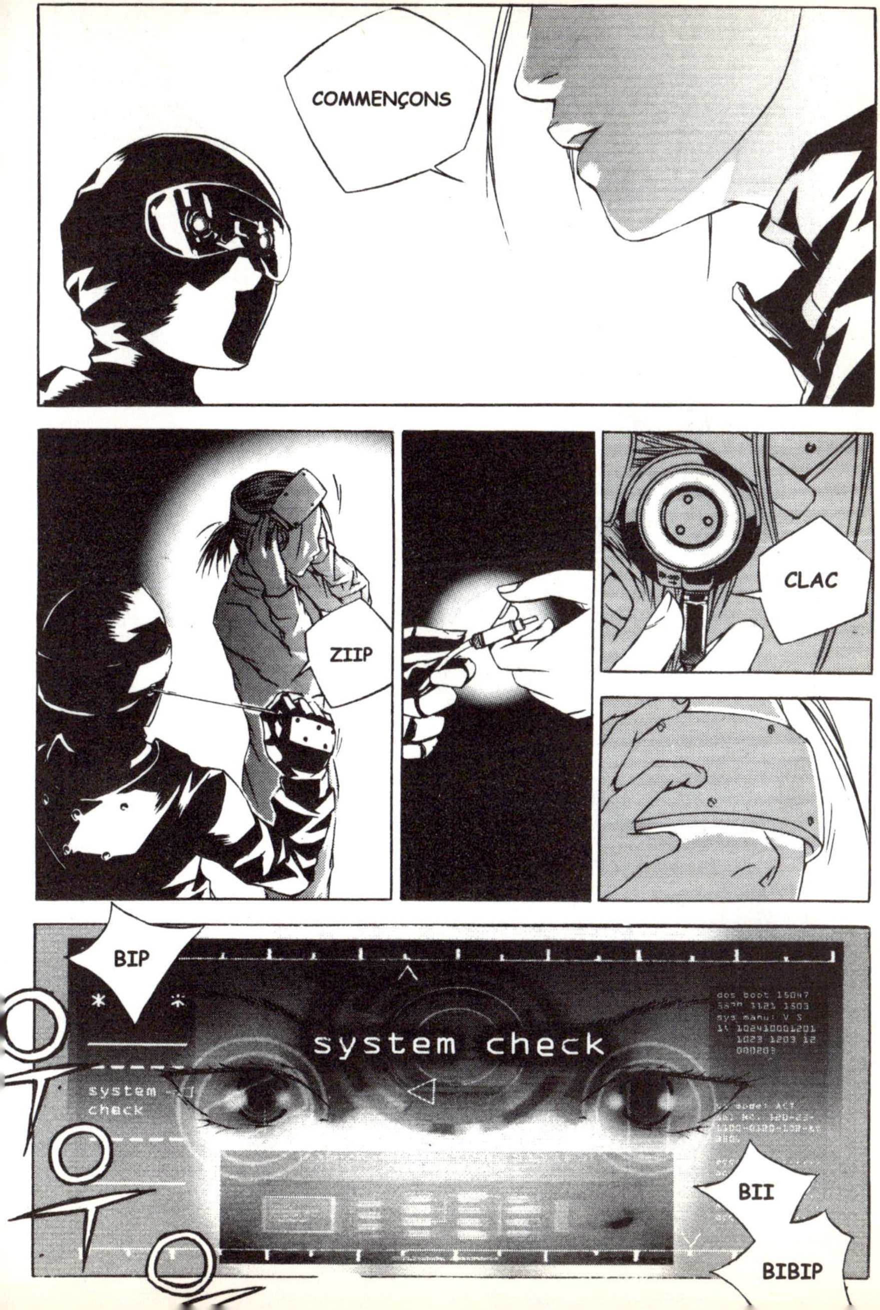

COMMENÇONS
ZIIP
CLAC
BIP
system check
system check
BII
BIBIP

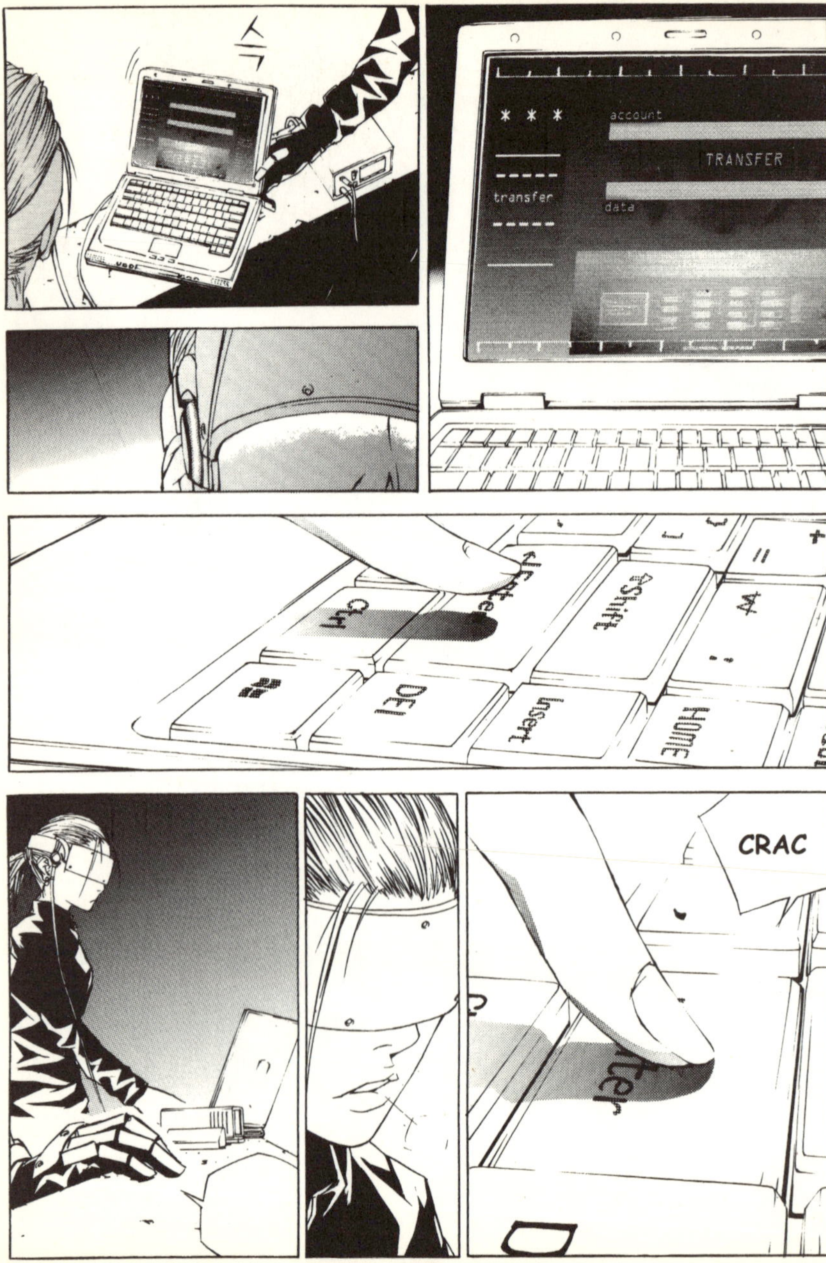
* * *
account
TRANSFER
transfer
data
CRAC

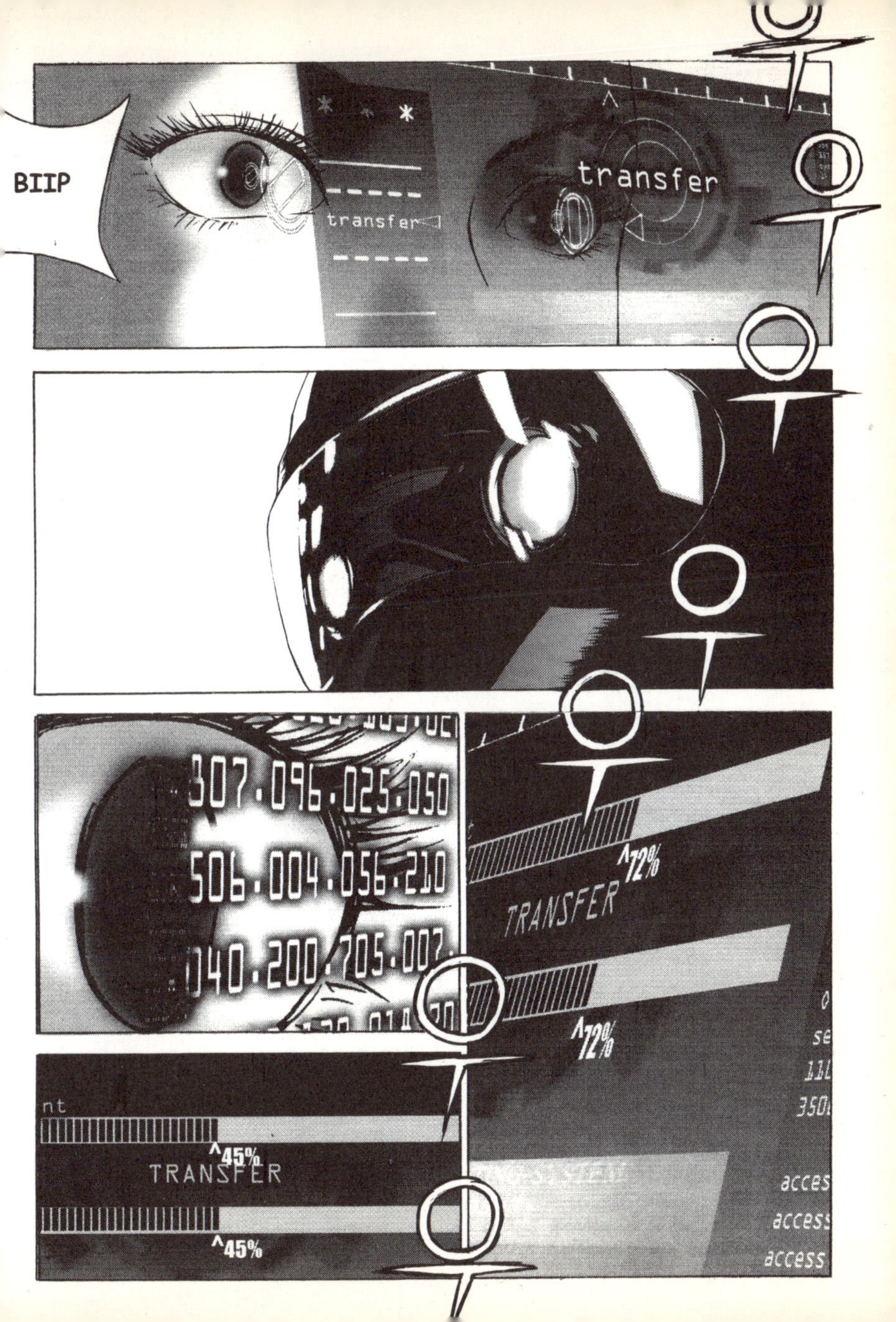
BIIP
transfer
transfer
307.096.025.050
506.004.056.210
040.200.705.007
^72%
TRANSFER
^72%
access
^45%
TRANSFER
^45%

EUAA...
CREUAH...
AAAH !
account
^100%
completed
data
^100%
BIIIP-
OUF
OUF
OUF
OUF
BEEUURK !
AARGH !

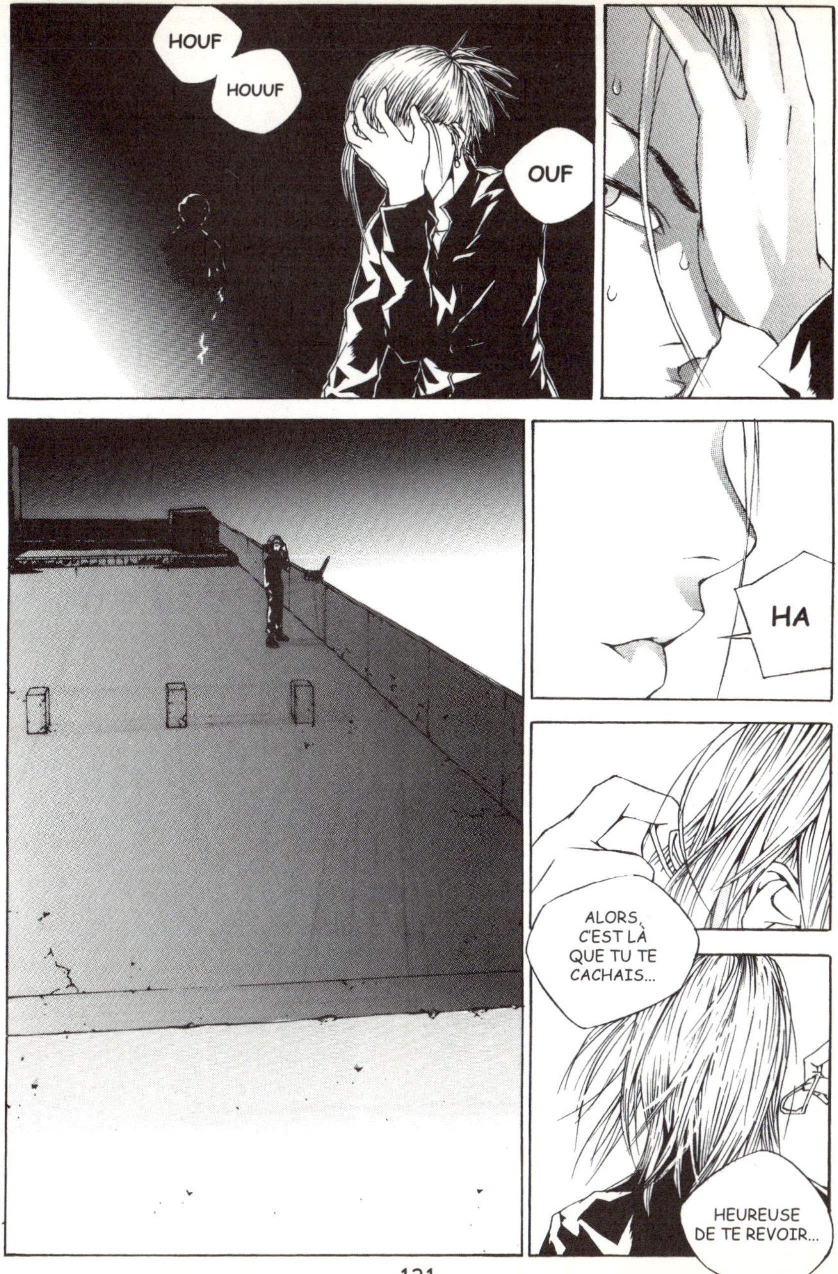
HOUF
HOUUF
OUF
HA
ALORS, C'EST LÀ QUE TU TE CACHAIS...
HEUREUSE DE TE REVOIR...

KALI
Log-19 END

LOG_20; Kidnaping(1)

LUI, C'EST LE TYPE DU...
OUI, C'EST BIEN ÇA
IL A ESSAYÉ À DEUX REPRISES DE SE CONNECTER À KALI
DEUX FOIS ?
LA PREMIÈRE FOIS, C'ÉTAIT DANS UN CENTRE COMMERCIAL... MAIS IL A ÉCHOUÉ À CAUSE DE CE GOSSE...
!
LUI, C'EST...

...
ET LA DEUXIÈME FOIS, IL A ESSAYÉ DE L'ABSORBER. IL S'EST SURESTIMÉ...
ET LÀ, IL A EU UNE SURCHARGE DANS LE CERVEAU, DONC ÉCHEC !
ENSUITE, IL A ÉTÉ SUPPRIMÉ...
... PAR CE TYPE, C'EST LE GARS QUE NOUS POURSUIVIONS
CECI EST LA DERNIÈRE IMAGE QUI EST RESTÉE DANS SON CERVEAU
ET KALI ?

!!
COMMENT ?
UNE AUSSI JEUNE FILLE...

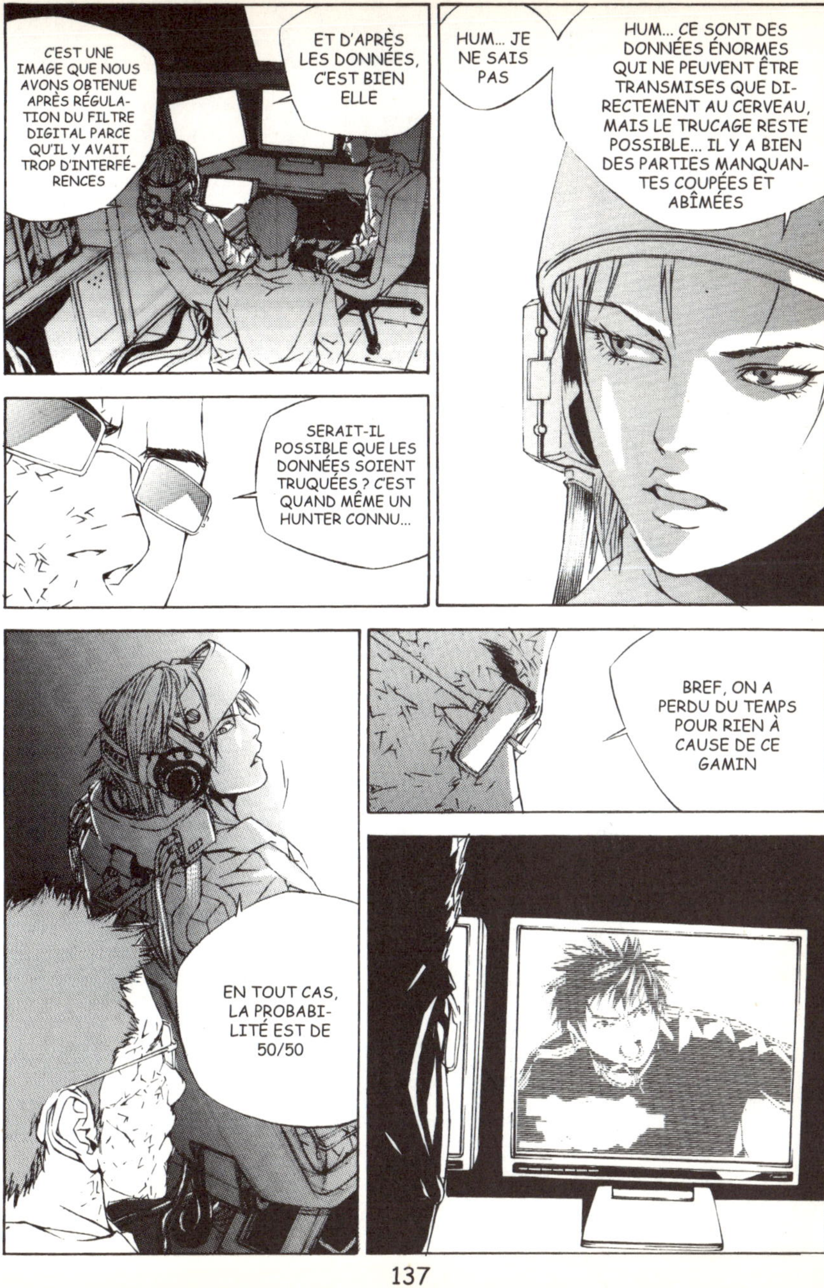
C'EST UNE IMAGE QUE NOUS AVONS OBTENUE APRÈS RÉGULATION DU FILTRE DIGITAL PARCE QU'IL Y AVAIT TROP D'INTERFÉRENCES
ET D'APRÈS LES DONNÉES, C'EST BIEN ELLE
HUM... JE NE SAIS PAS
HUM... CE SONT DES DONNÉES ÉNORMES QUI NE PEUVENT ÊTRE TRANSMISES QUE DIRECTEMENT AU CERVEAU, MAIS LE TRUCAGE RESTE POSSIBLE... IL Y A BIEN DES PARTIES MANQUANTES COUPÉES ET ABÎMÉES
SERAIT-IL POSSIBLE QUE LES DONNÉES SOIENT TRUQUÉES ? C'EST QUAND MÊME UN HUNTER CONNU...
BREF, ON A PERDU DU TEMPS POUR RIEN À CAUSE DE CE GAMIN
EN TOUT CAS, LA PROBABILITÉ EST DE 50/50

ATTENDEZ, VOUS NE PENSEZ PAS QUE VOUS FAITES TROP CONFIANCE AU HUNTER ?
CE SONT DES ORDURES QUI FONT TOUT POUR DE L'ARGENT !
IL FAUDRAIT D'ABORD CONTI-NUER À VÉRIFIER SI C'EST VRAIMENT SLASH OU PAS...
NON
IL N'Y A RIEN DE SÛR DANS CE MONDE
COMMENT ?

NOUS DEVONS VÉRIFIER PAR NOS PROPRES YEUX...
ATTENDEZ, ET SI L'AFFAIRE PREND DE L'AMPLEUR, COMME LA DERNIÈRE FOIS... ?
...
SLASH...

SALUT PAPA !
FAIS ATTENTION AUX VOITURES... ♡
D'ACCORD
ET SURTOUT, FAIS ATTENTION AUX GARÇONS, CAR CE SONT TOUS DES LOUPS ♡
S'ILS DISENT QUELQUE CHOSE, DIS-TOI QU'IL Y A JUSTE UN CHIEN QUI ABOIE
HEIN ? QU'EST-CE QUE TU RACONTES ? GARÇONS ? LOUPS ?

둥~
COMMENT ? TOUS DES LOUPS ?
ET VOUS ? VOUS N'ÊTES PAS UN HOMME ?!
TSS TSS, MOI JE SUIS SON PÈRE !
ET ALORS, ÇA VOUS DONNE LE DROIT DE PARLER COMME ÇA ?
NON MAIS ÇA NE VA PAS DE ME PARLER SUR CE TON ? HEIN ?!
AÏE, AÏE, MA TÊTE !
MAIS C'EST VOUS QUI AVEZ COMMEN-CÉ !!
TU LE REGRETTERAS UN JOUR !
HEIN, REGRETTER ? POURQUOI ?
RAAH !!
ATTENDS-MOI MINA !
MOUAHAHA, BIEN FAIT POUR TOI !
FERMEZ-LA !
MINA !
HÉ, ATTENDS-MOI !

HÉHÉHÉ... C'EST MAINTENANT QUE TU VAS À L'ÉCOLE ?
ÇA SE VOIT, NON ?
굽신
굽신
TU N'AS PAS L'AIR TRÈS EN FORME... T'ES MALADE ?
TU VEUX QUE JE SOIS MALADE ?
MAIS... MAIS NON, C'EST PAS CE QUE JE VOULAIS DIRE... AHAHA...
PAS BESOIN. VAS-Y TOI, IL FAUT ARRIVER EN AVANCE POUR VOIR LE SPECTACLE, ESPÈCE DE PERVERS !
울컥
AUJOURD'HUI...
척
JE T'AMÈNE JUSQU'AU LYCÉE !
HÉ ! ARRÊTE DE M'APPELER COMME ÇA !
버럭
C'ÉTAIT JUSTE UNE COÏNCIDENCE, HIER. C'ÉTAIT DU PUR HASARD !! T'ES JALOUSE OU QUOI ?
뚝
JA... LOUSE ?
움찔
T'AS DIT JA... ... LOUSE ?
EUH, BAH... C'EST QUE...
QUAND EST-CE QUE CE TRUC EST SORTI DE MA BOUCHE...?

탱 탱 탱
"JALOUSE" ? NON MAIS, ET PUIS QUOI ENCORE !
털썩
데구르르
EUAAAH...
ATTENDS... !
AH !
다다다다
HÉ !
부우웅
OUPS
RAAA, QU'ELLE EST VIO-LENTE...
키이잉
MINA !
부웅~
붕~

콰당
AAARGH !!
OUAAAARGH !!
HÉ ! SORS DE LÀ !!
QU'EST-CE QUE C'EST QUE ÇA ?

PUTAIN, JE VOIS RIEN !
VOUS NE PENSEZ PAS QU'IL VAUT MIEUX DESCENDRE VOIR CE QUI S'EST PASSÉ APRÈS AVOIR RENVERSÉ QUELQU'UN !?
붕~
EH ?
스르르르
HEEEIN ?
우우우웅
...
MAIS C'EST QUOI ÇA ?
MERDE !! ENFOIRÉS !!
JE VAIS TOUS LES BUTER !!
OUAAH !!

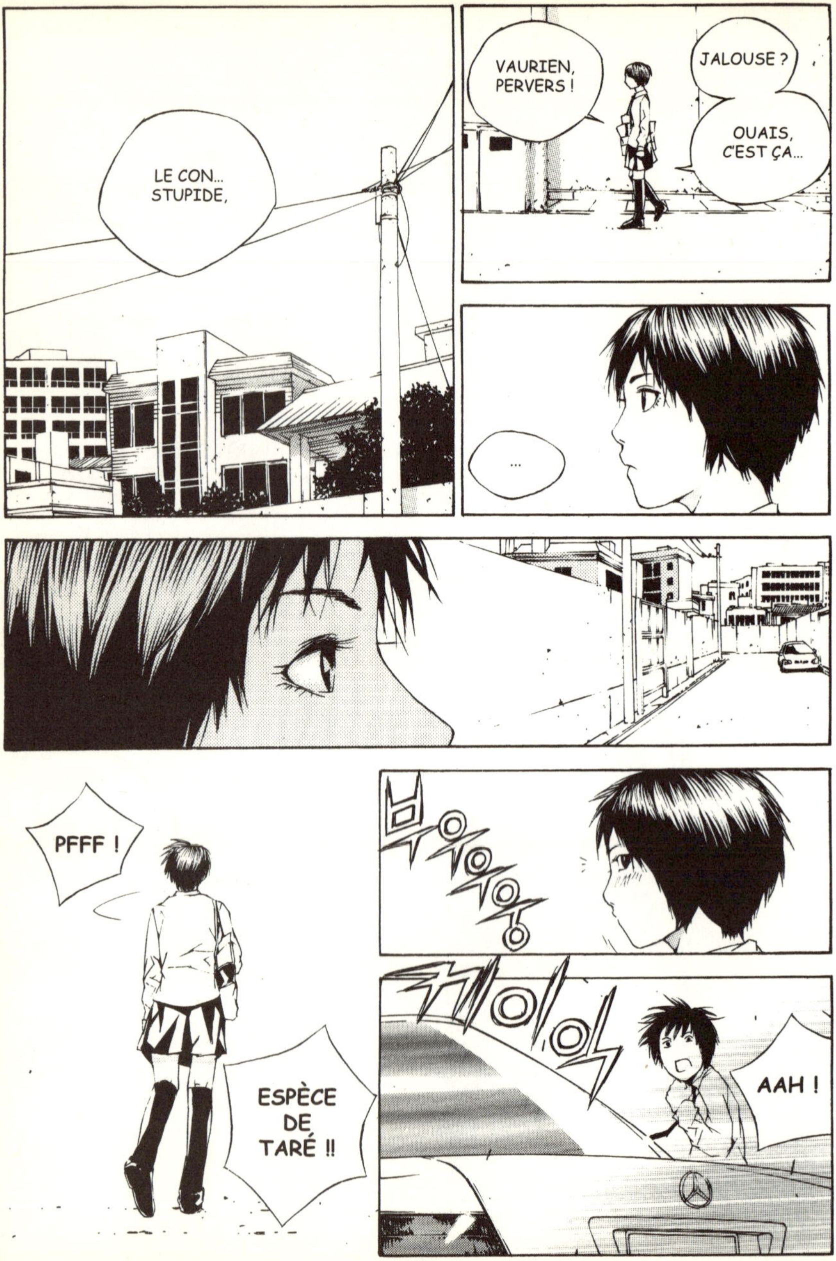
LE CON... STUPIDE,
VAURIEN, PERVERS !
JALOUSE ?
OUAIS, C'EST ÇA...
...
PFFF !
ESPÈCE DE TARÉ !!
AAH !

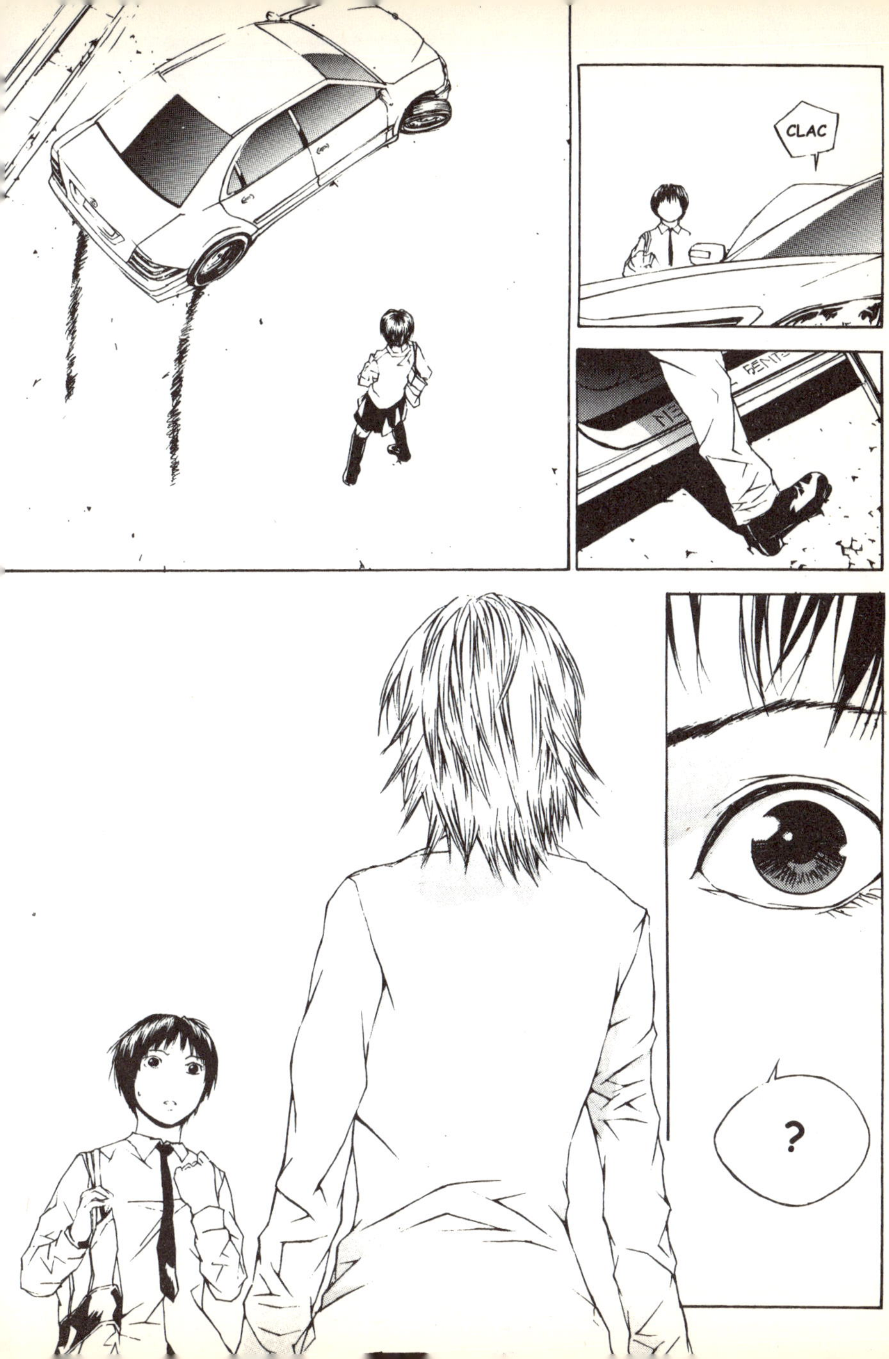
CLAC
?

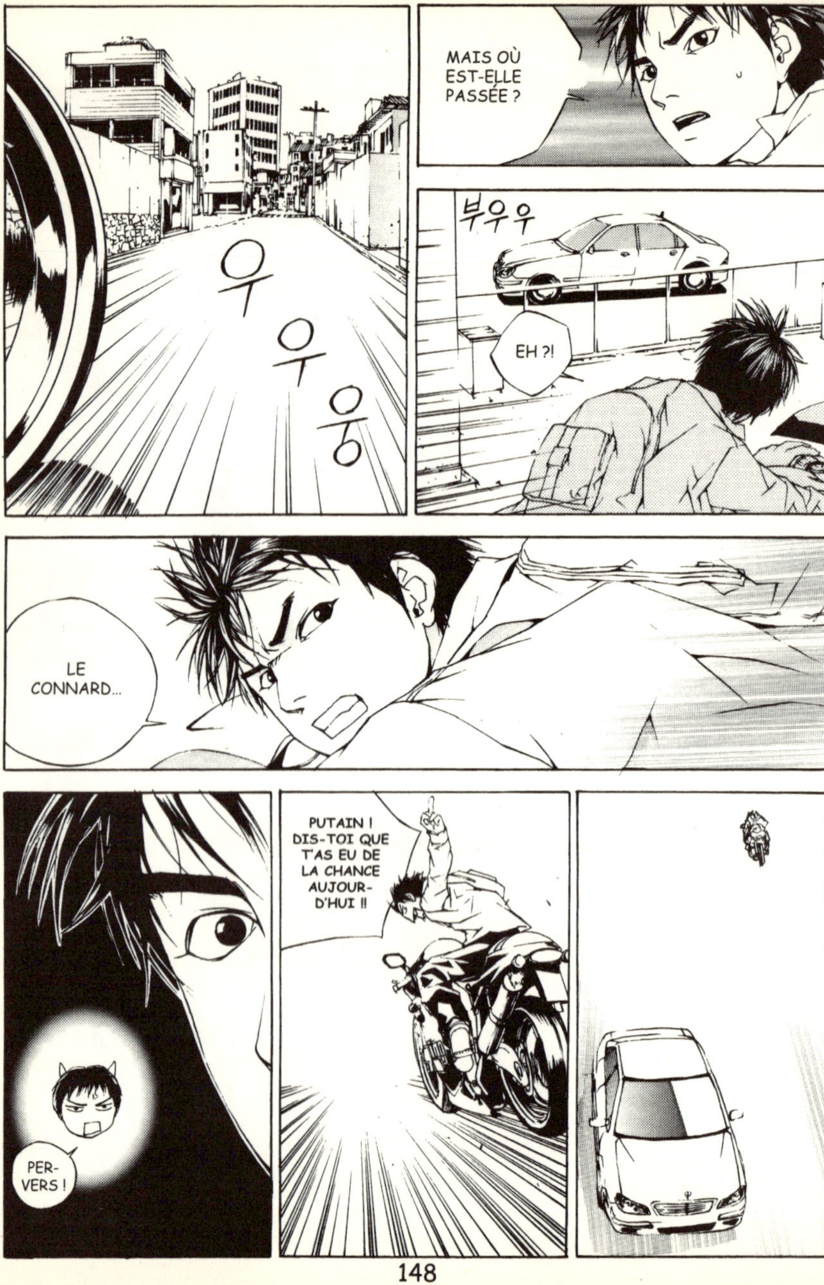
우우웅
MAIS OÙ EST-ELLE PASSÉE ?
부우우
EH ?!
LE CONNARD...
PER-VERS !
PUTAIN ! DIS-TOI QUE T'AS EU DE LA CHANCE AUJOUR-D'HUI !!

부우우웅
부앙

ELLE A L'AIR ENCORE PLUS JEUNE QUE SUR L'ÉCRAN
ELLE A DISPARU AUX ÉTATS-UNIS IL Y A 7 ANS, DONC ELLE DOIT BIEN AVOIR CET ÂGE-LÀ MAINTENANT
BON ALORS, ON COMMENCE PAR UN SIMPLE TEST...
ATTENDS, IL Y A QUELQU'UN QUI EST EN TRAIN DE NOUS SUIVRE
QUI NOUS SUIT ?

...
C'EST LE CHIEN QUI VIENT DE PERDRE SON MAÎTRE...
PAS MAL COMME ODORAT

VRAIMENT ? TU NE L'AS PAS VUE ?
NON... JE SUIS VENUE SEULE PARCE QUE JE CROYAIS QU'ELLE VENAIT AVEC TOI
BAH... EN FAIT, JE L'AI SEULEMENT CROISÉE DEVANT SA MAISON, ET APRÈS...
QU'EST-CE QUE ÇA VEUT DIRE ? C'EST BIENTÔT L'HEURE...
VOILÀ JIHA ♡
AH, MERCI
MAIS OÙ EST-CE QU'ELLE EST PASSÉE... ?
BONJOUR ! ♡
...
SALUT !
INCHANG...

À QUOI TU PENSES COMME ÇA ?
EUH... RI... RIEN
TIENS, ELLE N'EST PAS LÀ, MINA ?
ELLE N'EST PAS ENCORE ARRIVÉE. NOUS ÉTIONS AUSSI EN TRAIN DE LA CHERCHER
AH BON ?
C'EST VRAI ?
MAIS LE COURS VA BIENTÔT COMMENCER...
QUE S'EST-IL PASSÉ ? ELLE EST MALADE ?
EEH... ELLE EST BELLE...

C'EST...
QU'EST-CE QU'IL Y A, INCHANG ?

!
MERDE !!
INCHANG !
HÉ ! OÙ TU VAS COMME ÇA ?
ZUT !
QU'EST-CE QUI LUI PREND TOUT À COUP ?

고아아아아
끼이잉

IL NOUS SUIT TOU-JOURS...
C'EST CE QU'ON VERRA...

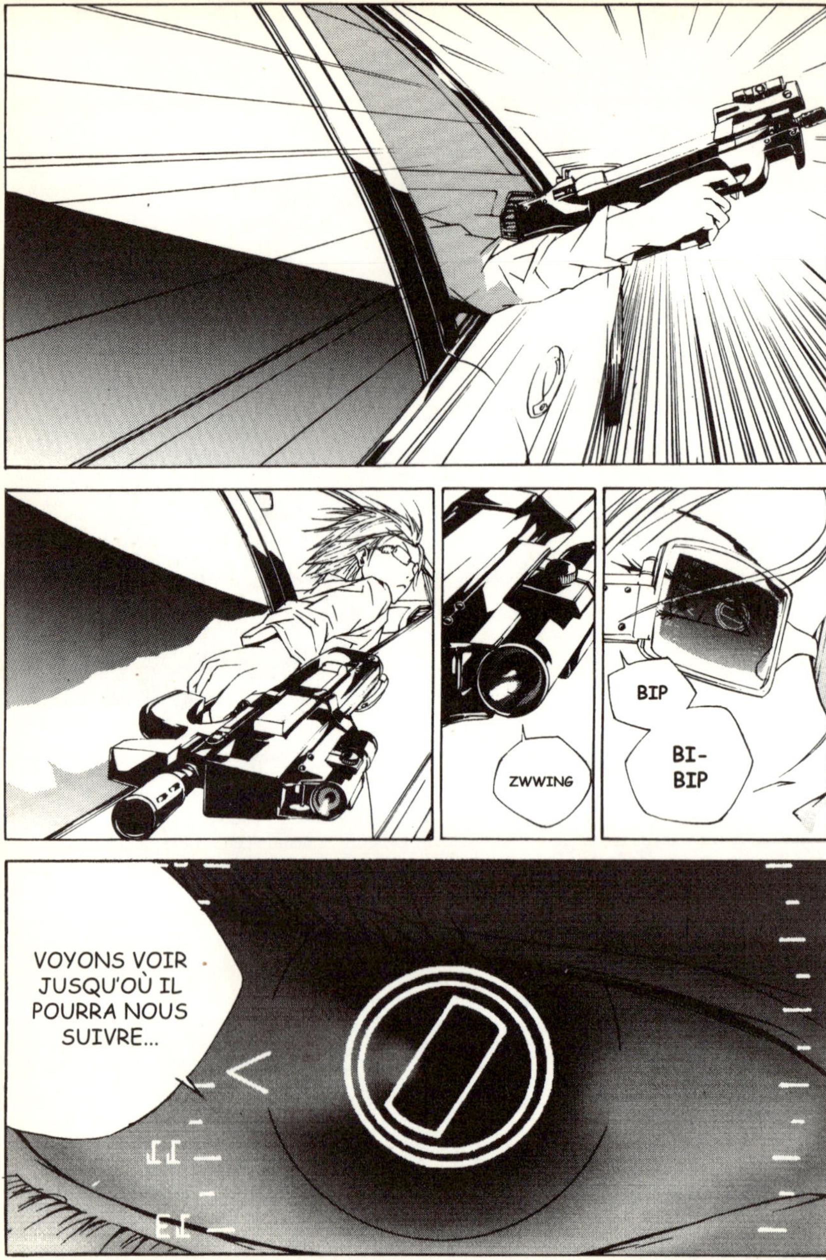

Log-20 END

LOG_21;
Kidnaping(2)

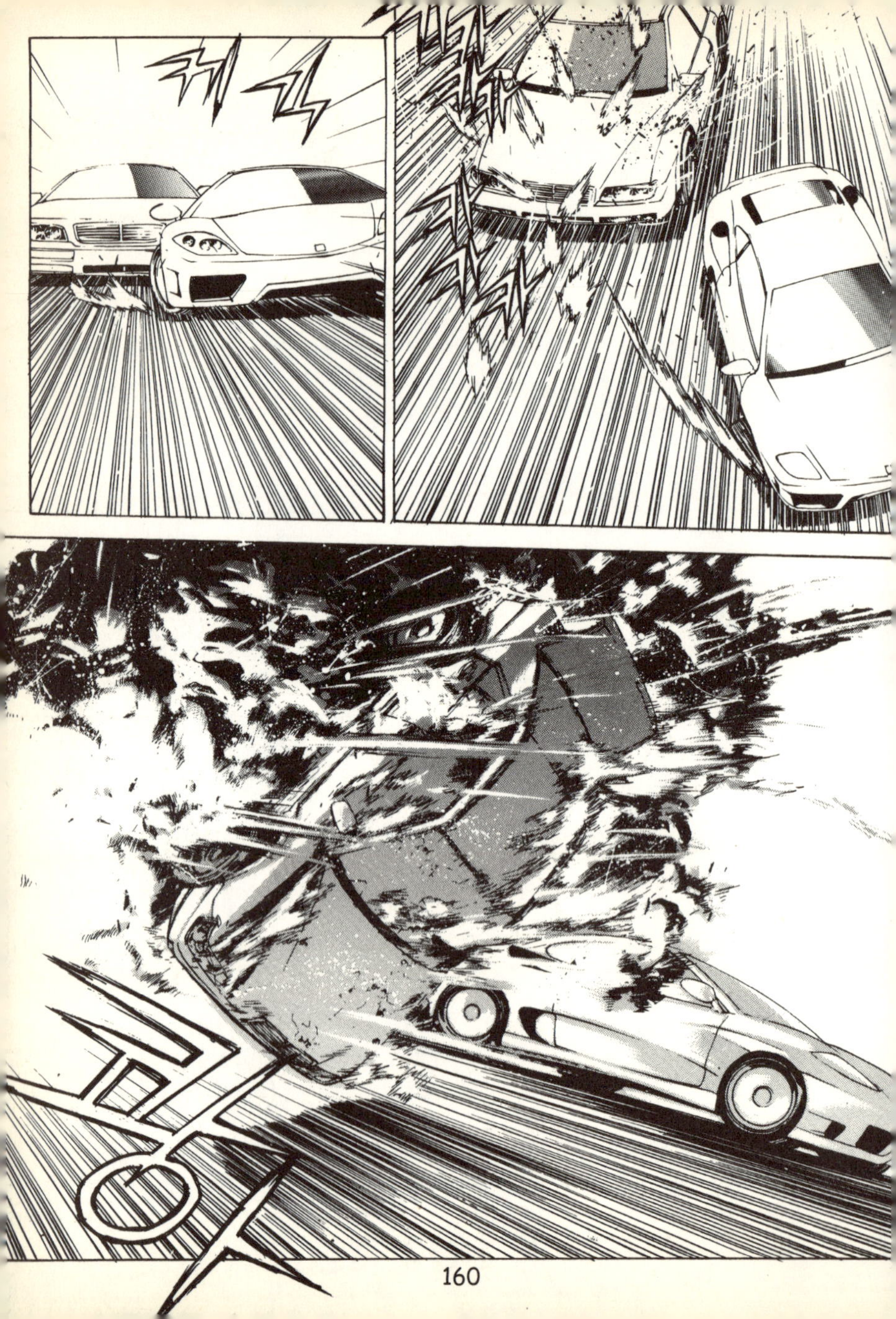

ZUT !
ATTEN-
TION !

OURGH !
ÇA NE VA PAS DE CONDUIRE COMME ÇA ?!!

JACK, DOUBLE LE CAMION !
MAIS QU'EST-CE QUE C'EST QUE CES GENS ? ILS NE SAVENT PAS CONDUIRE MA PAROLE !
!

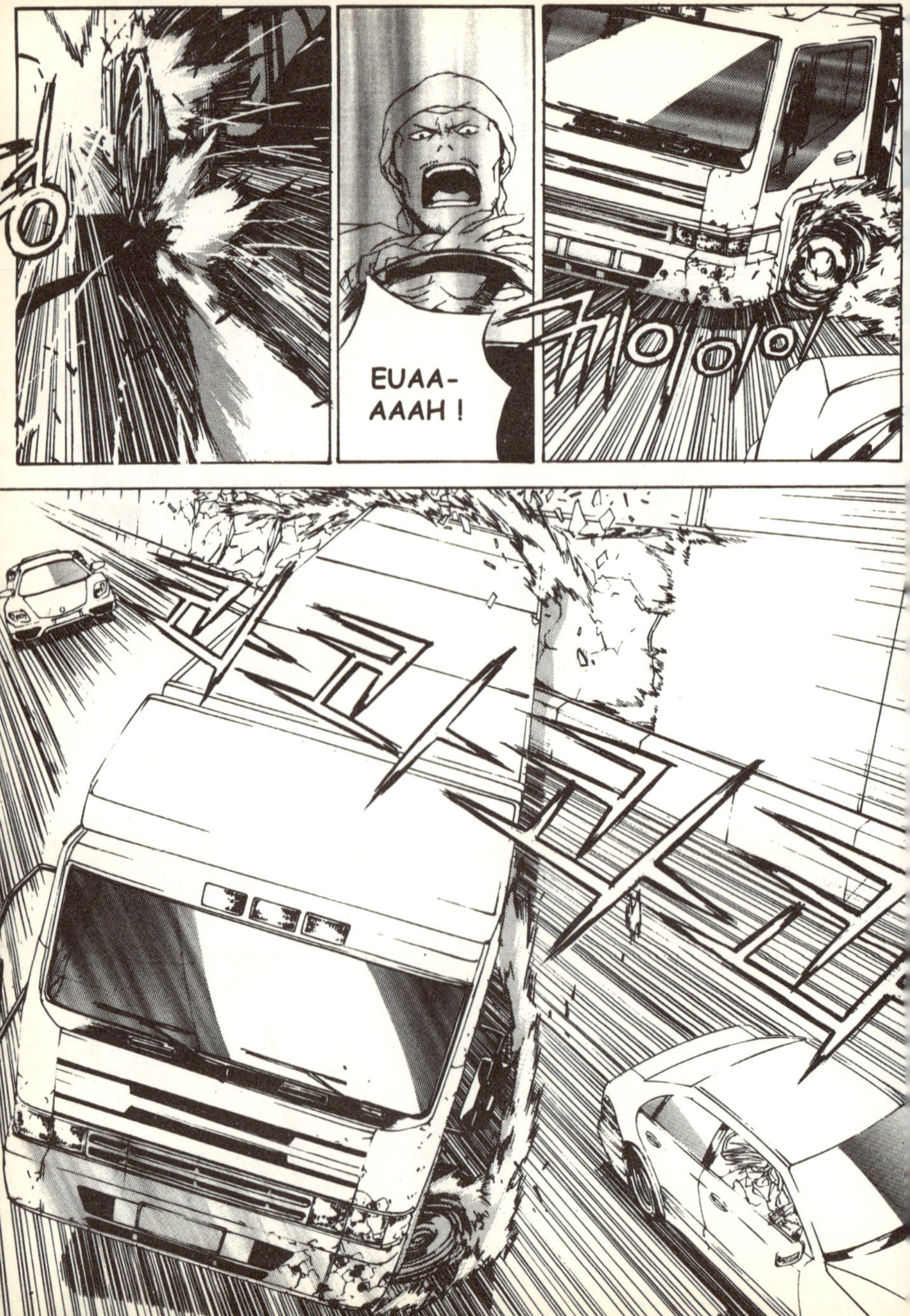
EUAA-
AAAH !

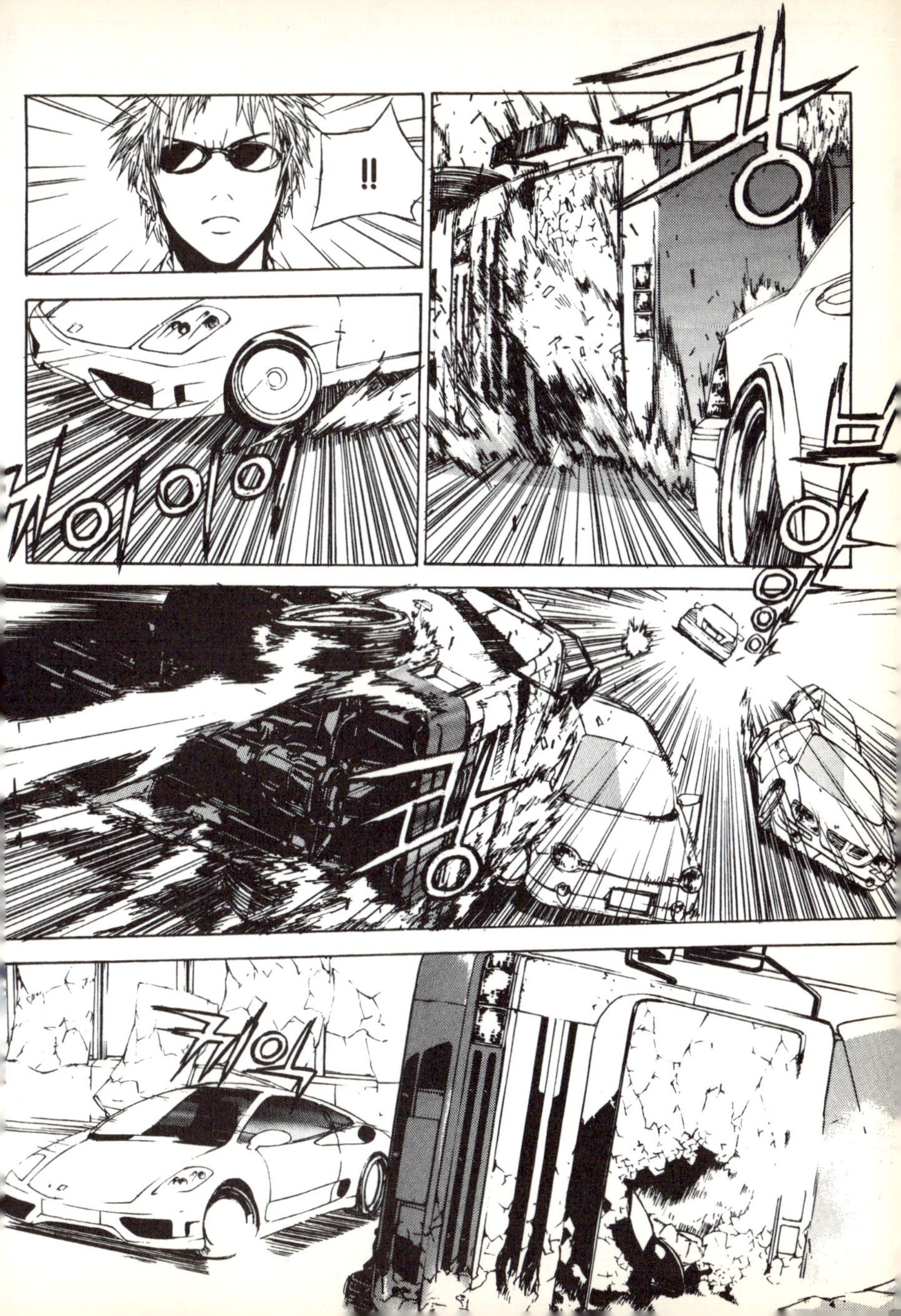
!!
콰앙
콰앙

키이이잉
타
타
타타
탁

NEW...
TYPE ?
NON SEULEMENT IL EST COMPATIBLE AVEC TOUS LES MOYENS DE COMMUNICATION QUE L'HUMANITÉ A CONNU, MAIS C'EST AUSSI UN MONSTRE CAPABLE DE TRAITER UNE QUANTITÉ DE DONNÉES PHÉNOMÉNALES. UNE CENTAINE DE SUPER CALCULATEURS, ET MÊME TOUS LES ORDINATEURS DU MONDE RÉUNIS, NE SUFFIRAIENT PAS...
UNE NOUVELLE RACE HUMAINE FABRIQUÉE PAR UN ORGANISME SPÉCIAL AMÉRICAIN
LA PERSONNE QUI NOUS A CRÉÉS TOI ET MOI, L'ÊTRE ABSOLU QUI SERA À LA TÊTE DU GRAND CHANGEMENT DANS L'HISTOIRE DE L'HUMANITÉ...
VOILÀ...
C'EST, DISONS, LE PROTOTYPE DU PLUS HAUT DEGRÉ D'ÉVOLUTION DE L'ÊTRE HUMAIN

VOILÀ CE QU'ELLE EST...
HÉ ! CHEVEUX EN PICS ! QU'EST-CE QUE TU ME CHANTES LÀ ?
TU REGARDES TROP DE FILMS, JE CROIS !
CHANGEMENT DE L'HUMANITÉ ?
JE SUIS DÉSOLÉ, MAIS MOI, CE SONT MES PARENTS QUI M'ONT MIS AU MONDE...
MAIS TU L'AS DÉJÀ RENCONTRÉE, N'EST-CE PAS ?
LA PERSONNE QU'ELLE A MIS...
DANS TON CERVEAU...
TU DEVIENS...
MOI...

NOUS SOMMES DES GUARDIANS
TOI ET MOI, NOUS SOMMES SA CRÉATION. NÉS AVEC UNE MISSION QUE NOUS DEVONS ACCOMPLIR : LA PROTÉGER
HAHA, JE N'Y CROIS PAS. JE ME DISAIS BIEN QU'IL Y AVAIT QUELQUE CHOSE DE BIZARRE EN TOI MAIS...
MON INTUITION ÉTAIT DONC BONNE...
... JE NE COMPRENDS PAS, POURQUOI CHOISIR UN VOYOU COMME TOI... ?
... DE LÀ À PENSER QUE TU ES LE GUARDIAN...
GUARDIAN ?
MAINTENANT...

IL EST
TEMPS DE SE
RÉVEILLER !

JE SUIS SORTI...
MAIS OÙ DOIS-JE ALLER ?
ZUT ALORS !
?!
MAIS, C'EST...

PARKING
탁

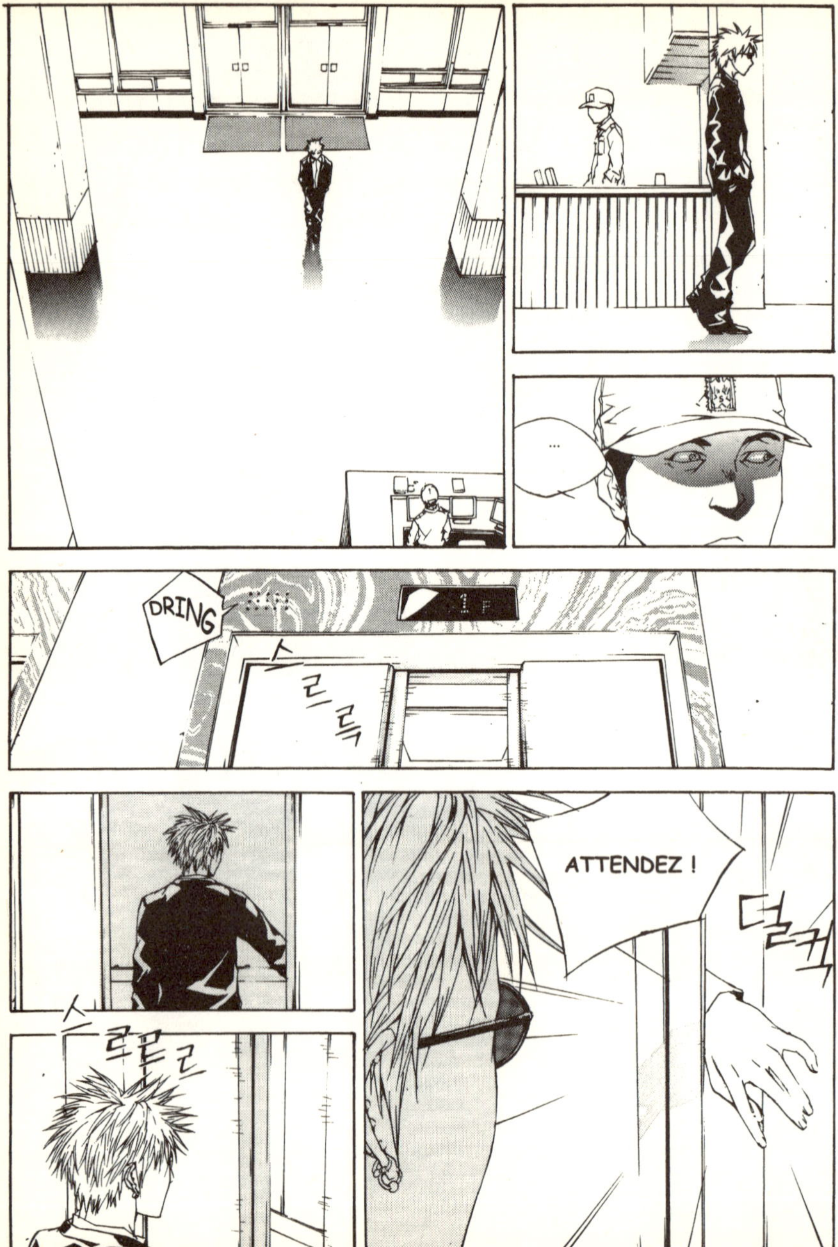
...
DRING
1 F
ATTENDEZ !

EXCUSEZ-NOUS...
우르르
스르르
CLAC
OUF, ON A FAILLI RATER L'ASCENSEUR !
JE VOIS QUE NOUS AVONS AFFAIRE...
À DES BESTIOLES

AAAHH
ZUT !

UURGH !
척
휙
탕
탕
탕

CREUAHRGH !
EUAAAAH !

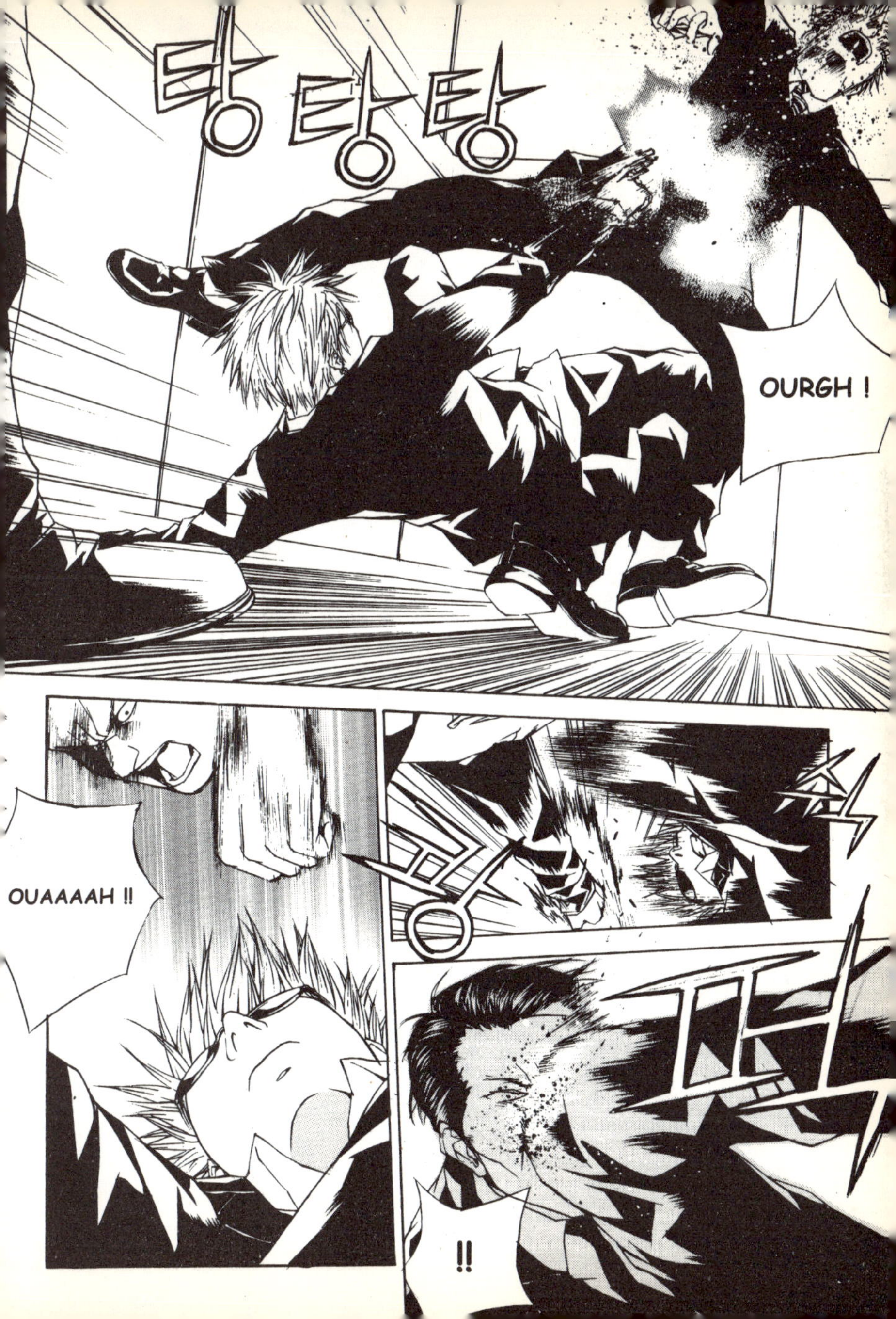
탕 탕 탕
OURGH !
OUAAAAH !!
퍽
!!

탕 탕

DRING
21F
스
뚜벅
뚜벅
뚜벅
척
TIENS, C'EST BOURRÉ DE BESTIOLES ICI !

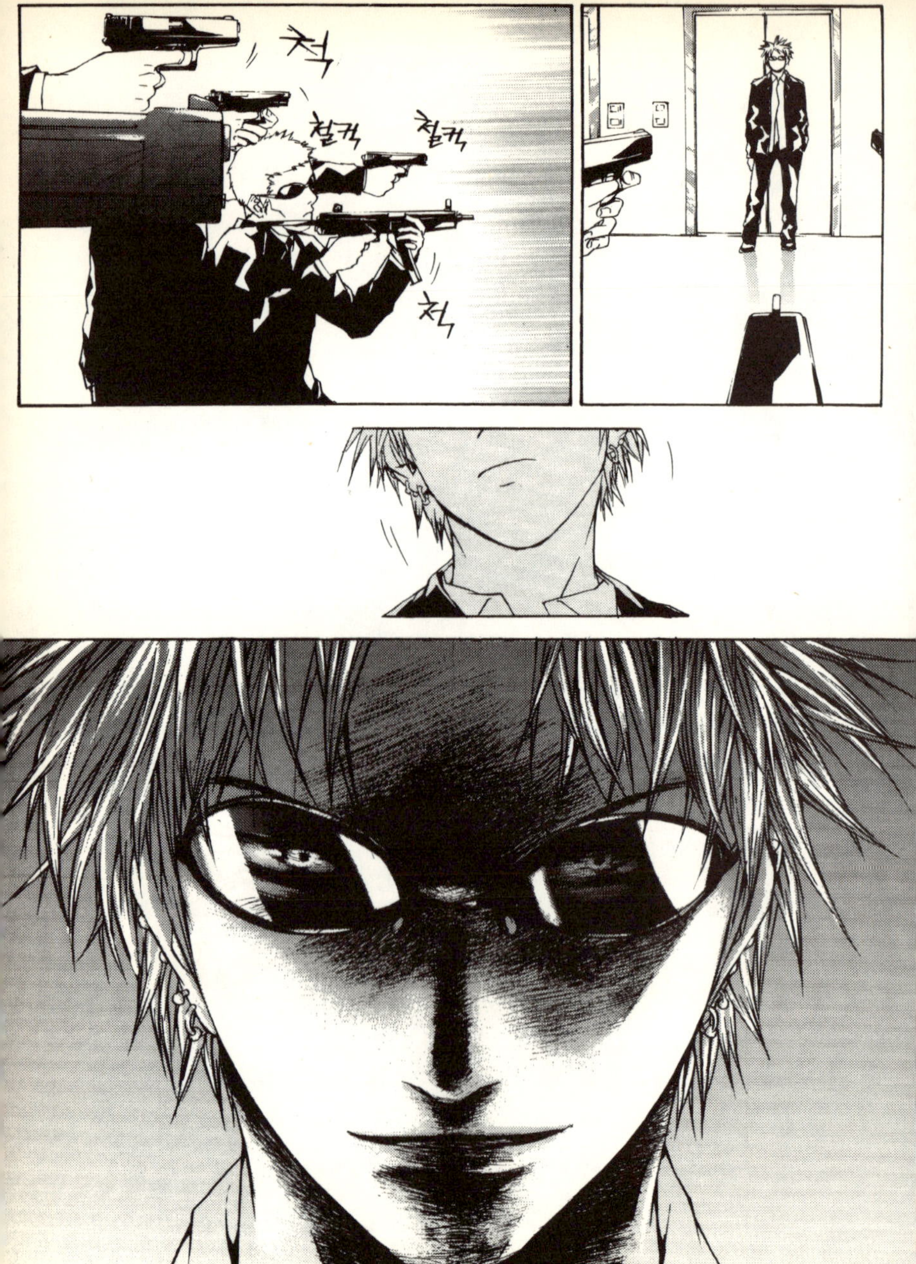

Log-21 END_ 4 *SUITE AU TOME 4*

AGUSTA
F4

"Dibye Feeld", une planète où seuls les démons règnent... Deux d'entre eux s'affrontent pour atteindre le mal extrême, niveau absolu dans le règne des démons ; pour arriver à son objectif, Lécuème descend sur Terre et Laship, fils de l'empereur des démons, le poursuit sans relâche jusque sur la Terre afin de le combattre...

Mais arrivés là, les règles du jeu changent. Les corps sont plus fragiles, les humains plus curieux... Il faut parfois faire preuve de discrétion. Et puis parmi toutes ces créatures, certaines sont dignes d'intérêt.Incompréhension et découverte, comment des être nés pour le carnage vont-ils évoluer au contact des humains ?

Si certains démons vont tenter de se faire à la vie humaine, ce seront d'autres humains, assoiffés par la puissance de ces créatures, qui tenteront de faire le chemin inverse.

G PLUS

Only one man remain as existence of devil.
Human say he is "GPLUS"!
G PLUS
KAMI
DESSIN MOOK
SCENARIO YU KYUNG WON

L'histoire de l'Opéra de Pékin,
presentée par
Hiroshi Ueda

L'opéra de PÉKIN

2

KAMI

HIROSHI UEDA

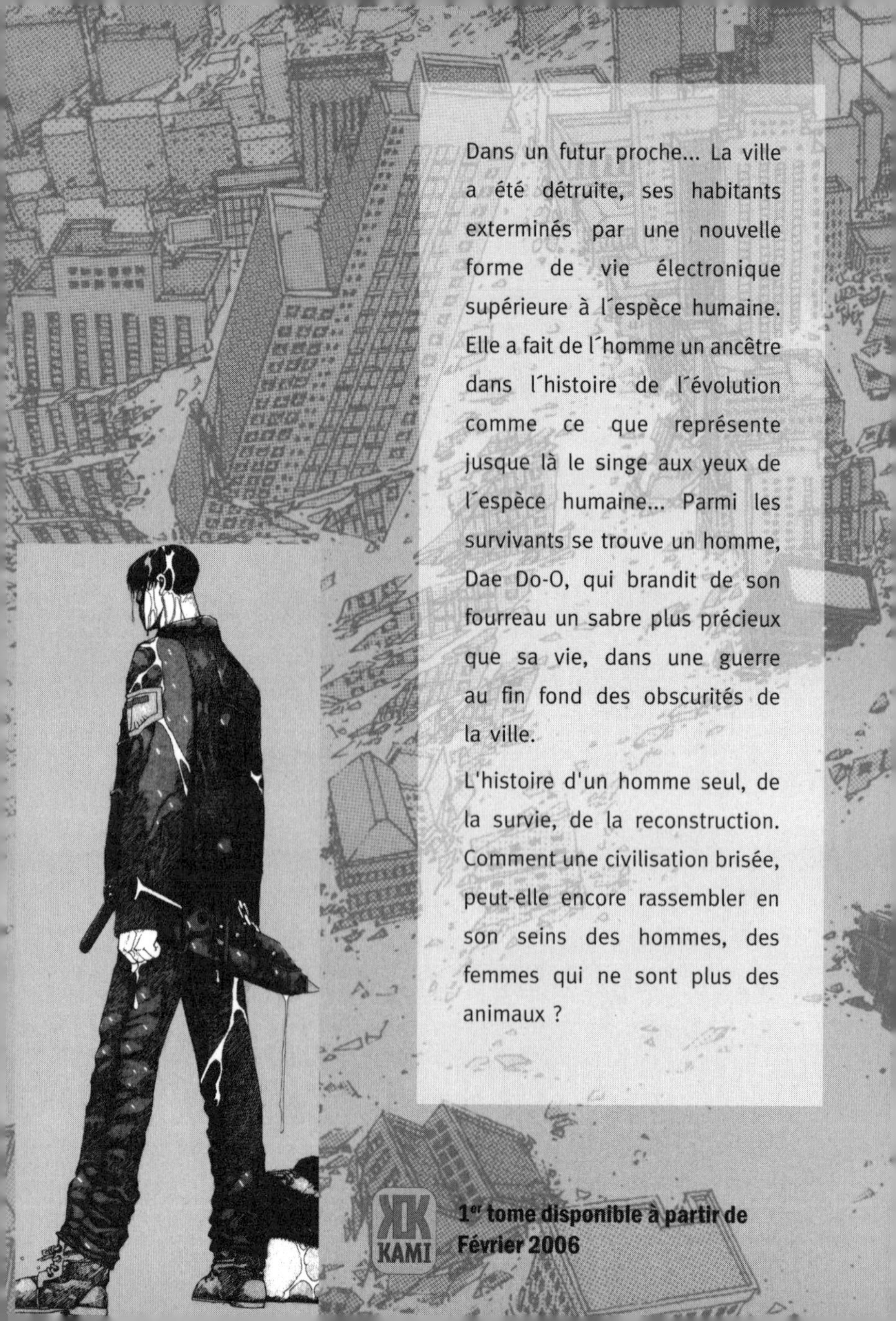

Dans un futur proche... La ville a été détruite, ses habitants exterminés par une nouvelle forme de vie électronique supérieure à l´espèce humaine. Elle a fait de l´homme un ancêtre dans l´histoire de l´évolution comme ce que représente jusque là le singe aux yeux de l´espèce humaine... Parmi les survivants se trouve un homme, Dae Do-O, qui brandit de son fourreau un sabre plus précieux que sa vie, dans une guerre au fin fond des obscurités de la ville.

L'histoire d'un homme seul, de la survie, de la reconstruction. Comment une civilisation brisée, peut-elle encore rassembler en son seins des hommes, des femmes qui ne sont plus des animaux ?

YOUNG
1
Kwan Gaya
Chua Bak
SURVIVANTS
KAMI

XS volume 3

first published in korea in 2004 by Haksan Publishing Co., Ltd.
french translation rights arranged with Haksan Publishing Co., Ltd through Orange Agency.

1e édition française : février 2006
dépôt légal : février 2006

ISBN : 2-35100-060-9

traduction et adaptation : GB One
lettrage : GB One
conception graphique : romain quenisset

achevé d'imprimer en france en février 2006
sur les presses de l'imprimerie aubin